사) 대명공연예술단체연합회 대본쓰기 프로그램

대명동엔 작가가 산다

다섯 번째 이야기

사)대명공연예술단체연합회 대본쓰기 프로그램

대명동엔 작가가 산다

다섯 번째 이야기

정서연 · 남윤정 · 장성민 · 이영은 · 김기열 · 이경창 지음

멘토 김현규 · 김성희

평민사

이 대본집은 사)대명공연예술단체연합회에서 기획한
대본쓰기 프로젝트, '대명동엔 작가가 산다'(이하 대작)를 통해
만들어진 아마추어 작가들의 작품이다.
대작은 누구나 참여할 수 있는 프로그램으로
두 분의 기성작가를 모시고 수업을 진행하였다.
극작가를 발굴하고 공연의 시작이자,
가장 기본이 되는 대본을 창작하여 대명공연거리의
공연활성화를 위해 기획되었다.

차례

화이트박스

정서연
멘토 김현규

등장인물

영준
재희
경달
간호사, 사장, 의원
의사

무대

사방이 새하얀 병원. 쇠창살로 된 창문에 커튼이 쳐져 있다. 무대에는 베드가 세 개 놓여있다. 베드의 주인은 경달, 영준, 재희다. 세 사람의 왼쪽 손목에는 밴드가 채워져 있다. 무대 바닥 모서리에는 커다란 검정색의 찌그러진 원이 그려져 있다. 굳이 원이 아니라도 좋다. 이 공간은 영준의 과거 회상 장면에 사용한다. 영준, 재희, 경달은 현재와 과거를 함께 연기한다.

1장

커튼이 쳐진 병원 창문으로 빛이 들어온다. 희미한 빛 아래에 영준이 있다. 영준은 주변을 더듬거리다 커튼을 발견하고 다급하게 걷는다. 커튼을 걷으면 빛이 환하게 들어오며 쇠창살 창문이 보인다. 영준은 당황하여 한참 동안 창살을 흔들어댄다.

알람소리와 함께 무대 밝아진다. 경달, 재희, 침대에서 깨어난다.

경달　(서 있는 영준을 발견하고) 벌써 일어났어?

영준　어? 어….

세 사람 모두 자신의 침대 앞으로 나온다. 경달은 휠체어에 앉아 나온다. 국민체조 음악이 흘러나온다. 세 사람은 체조를 한다. 경달은 상반신만 움직인다. 체조하는 동안에 영준, 경달과 달리 재희는 불편한 기색이 역력하다. 체조가 끝난 후 간호사 등장.

간호사　(카트를 끌고 들어오며) 어르신들 좋은 아침입니다.

간호사, 세 사람에게 약을 나눠준다.

간호사　류경달님. 다리 쑤시는 건 어때요?

경달　괜찮아요.

간호사　다행이네요. (약을 주며) 여기요.

경달이 삼키는 것을 확인한다.

간호사　정영준님.

영준　(하품하며) 네.

간호사　(약을 주며) 또 못 주무셨어요?

영준　(약을 삼키고) 네.

간호사　또 악몽 꾸셨구나. 선생님께 수면제 처방 말씀드릴까
요?

영준　쳇. 그 양반이 퍽도 해주겠다.

간호사　왜요?

경달　그냥 흘려들어요. 퇴원 안 시켜 준다고 저러잖아.

영준　나이도 어린 양반이, 어른이 말하면 듣는 시늉이라도
해야지.

간호사　(미소 지으며) 선생님도 환갑 넘으셨어요. (사이) 자, 다음
박재희님.

재희　….

간호사   재희님?

재희, 아무 말 없이 손만 내민다.

간호사   (약을 주며) 여기요.

재희, 약을 삼키는 시늉을 한다.

간호사   재희님. '아' 해보세요. (확인 후) 네. 됐습니다. 다들 쉬
         세요.

간호사 퇴장. 세 사람 각자 편안한 자세를 취한다. 재희는 뒤
돌아 약을 뱉는다.

영준   (재희에게) 뭐해?

재희, 대답하지 않고 뱉은 약을 유리병에 넣는다. 영준은 양
치질을 한다. 경달이 TV를 켠다. TV에서 의사의 인터뷰 소리
가 들린다.

경달   우리 선생님 아니야?

경달, 인터뷰 소리가 들리는 TV를 보고 있고, 영준은 양치질, 재희는 수첩에 무언가를 적는다.

리포터(소리) 오늘은 의료기관, 교도소 등에 '화이트박스' 제도를 도입하신 이희도 선생님을 모셔보겠습니다. 선생님 안녕하세요.

의사(소리) 네. 안녕하세요.

리포터(소리) 선생님. 오늘로 '화이트박스'가 도입된 지 1년째인데요. 우선 모르시는 분들을 위해 간단하게 설명해 주실 수 있을까요?

의사(소리) 네. '화이트박스' 제도는 의료기관, 교도소 같은 공공시설의 고령 장기 입소자들의 기억에….

TV가 꺼진다.

영준 엥? 잘 보고 있는데 왜 꺼?

병실의 불이 꺼진다.

영준 뭐야?

조명 서서히 켜지며, 간호사가 생일 케이크를 들고 등장한다.

생일 케이크엔 '71' 숫자 초가 꽂혀있다. 의사도 뒤이어 함께
등장한다.

간호사　생신 축하합니다. 생신 축하합니다. 사랑하는 어르신
　　　　생신 축하합니다.

영준, 경달 케이크 앞으로 간다. 경달이 재희에게 오라고 손
짓하지만, 재희 일어나지 않는다.
영준과 경달이 초를 불려고 하자,

간호사　소원 말씀하셔야죠.
경달　　소원?
영준　　(끼어들며) 하느님. 우리 딸더러 면회 좀 자주 오라고 해
　　　　주세요. 이게 결혼하더니 아빠 말은 듣지도 않고….
경달　　(영준의 말을 끊으며) 으이구. 소원 처음 빌어?
영준　　뭐 소원 비는 방법도 따로 있어?
경달　　그렇게 욕심 부리면 하느님이 들어주시겠어? (손을 모으
　　　　고 눈을 감는다) 하느님. 저는 바라는 거 없습니다. 여기
　　　　서 이 친구들이랑 지금처럼만 지내게 해주세요.
영준　　그게 무슨 소원이야?
경달　　이 사람아. 우리가 지금 얼마나 호사를 누리고 있는데.
　　　　지금만 같아도 기적이지 기적.

영준 참나.

경달 (재희를 향해) 자네는 초 안 부나?

영준 그래. 이리 좀 와봐. 선생님들 준비한 성의가 있는데.

재희, 반응 없다.

간호사 촛농 떨어져요. 두 분이라도 얼른 부셔요. 하나, 둘.

경달, 영준 함께 초를 분다.

간호사 (박수 치며) 축하드려요. 우리 케이크 같이 나눠 먹을까 요?

간호사, 케이크 칼을 꺼낸다. 재희, 간호사의 칼을 발견한다.

재희 (뛰쳐나와 케이크를 엎으며) 아… 안 돼!

암전.

2장

영준, 빛이 들어오는 창문 앞에 멍하니 서 있다. 몇 초 후 알람 소리와 함께 무대 밝아진다. 경달 잠에서 깨어난다. 국민체조 음악이 나오면 두 사람 체조를 한다. 체조가 끝난 후 두 사람 각자 편한 자세를 취한다. 영준, 병실 전화기에 손목밴드를 댄다. 영준, 누군가에게 전화를 건다.

영준　(전화를 걸며) 일 때문에 바쁘냐. 어쩨 연락 한 통 없어. 시간 있을 때 전화해라.

영준, 전화를 끊는다.

경달　또 안 받아?

영준　안 받네. (사이) 치. 여기 넣어두고 코빼기도 안 비쳐 그냥.

경달　냅둬. 바쁘겠지.

영준　하여간 자식새끼 키워봤자 아무 소용없어. 애기 땐 아빠만 찾아대더니.

경달　원래 평생 효도는 그때 다 한다잖아.

영준　자식도 없는 양반이 뭘 알아.

경달   그럼 자네는 알아?

영준   쳇. (재희 침대를 보며) 얘는 언제 돌아오는 거야?

경달   (무심하게) 글쎄.

영준   너는 걱정 안 돼?

경달   거기가 여기보다 낫잖아.

영준   뭐가 나아. 말이 1인실이지 독방이잖아. 독방.

경달   그 난리를 쳤으니 어쩔 수 없지.

영준   저 인간. 요 근래 좀 이상했어. 내가 쭉 봤는데 (속삭이며) 약을 안 먹는 것 같더라고.

경달   에이… 설마.

영준   진짜야. 삼키는 시늉만 하고 뱉더라고.

경달   아프면 자기만 손핸데 왜 안 먹어.

간호사 등장.

간호사   (카트를 끌고 들어오며) 어르신들 좋은 아침입니다. 오늘 좀 늦었네요.

영준   저기… 재희, 괜찮아요?

간호사   네. 오늘 다시 내려오실 거예요.

경달   정말 다행이네요.

간호사   너무 걱정하지 마세요. (사이) 아. 잊어버리기 전에. (가디건을 보이며) 여기. 어르신들 생신 선물.

경달   아이고. 뭐 이런 걸 다.

간호사   백화점 갔다 샀어요. 어르신들한테 잘 어울릴 거 같아서.

경달   비쌌겠네.

간호사   저 이 정도 살 능력은 돼요. (손목밴드를 보며) 늦었다. 얼른 약 드세요. 약.

영준   잘 입을게요. 고마워요.

간호사, 영준과 경달에게 약을 나눠주고 삼키는 걸 확인한다. 간호사 퇴장하며 재희의 침대 위에 가디건을 올려놓는다.

경달   (가디건을 입으며) 맘 써주니 고맙네.

영준   돈 쓸 데가 없어서 그렇겠지. (웃으며) 노처녀니까.

경달   어허. 거 말본새.

재희 등장한다. 경달과 영준, 재희에게 다가간다.

경달   괜찮아? 별일 없었어?

재희, 침대 위에 놓인 가디건을 발견한다.

경달   그거. 간호사 선생님이 생일 선물로 주신 거야.

재희, 아무 말 없이 가디건을 캐비닛에 던져 넣는다. 그리고 자신의 침대에 앉아 수첩에 무언가를 적는다.

영준　뭘 그렇게 적어?

재희, 계속해서 수첩에 무언가를 써 내려간다. 불안정해 보인다. 영준과 경달 걱정한다.

영준　(머뭇거리며) 저… 또 약 안 먹었어?

재희, 멈칫한다.

영준　아니, 자꾸 안 먹길래… 그래서 힘든가 하고 말이야.

사이.

재희　(속삭이며) 전부 다 가짜야.
경달　뭐라고?
재희　전부 다 가짜라고!
영준　뭐가 가짜라는 거야?

간호사 다시 등장한다.

간호사	어르신들 자리로 가세요. 교수님 회진 시간입니다.

의사 태블릿을 보며 등장한다.

의사	(태블릿을 보며) 그럼 안쪽에서부터 차례로 볼까요? 류경달님.
경달	네.
의사	몸은 좀 어떠세요?
경달	아주 좋습니다.
의사	다리는요?
경달	괜찮아요. 욱신거리던 것도 많이 나아졌어요.
의사	약이 잘 듣나보네요. 자. 다음, 정영준님.
영준	네.
의사	불편하신 데 없으시죠?
영준	네. 저… 선생님.
의사	(말을 끊으며) 안 됩니다.
영준	말도 안 끝났는데….
의사	또 외출시켜 달라는 거 아니에요?
영준	선생님. 하루만요. 딸이 통 연락이 안 돼서요.
의사	안 된다고 했어요.
영준	벌써 일 년이나 지났잖아요.
의사	그럼 적응되셨겠네.

영준	아니, 이렇게 멀쩡한데 계속 여기 있으려니 좀….
의사	(말을 끊으며) 여기서 다 관리해주니까 멀쩡한 거죠.
영준	하루면 돼요. 선생님. 하루만 집에 좀 다녀올게요.
의사	안 됩니다.
영준	선생님.
의사	(정색하며) 안 된다고요. 같은 말 몇 번 하게 합니까.
영준	아니. 그게….
의사	박재희님.

영준, 한숨을 쉰다.

의사	박재희님.
재희	….
의사	박재희님?
재희	….
의사	박재희님 맥박이 불안정하네요. (간호사에게) 김 선생님. 박재희 환자 특이사항 없나요?

재희, 계속 눈빛이 불안하다.

간호사	네… 없습니다.
의사	(가우뚱하며) 근데 왜 이렇게… 이분도 QD로 약 나가는

거 맞죠?

간호사　네.

의사　뭐지. 박재희님. 약 매일 먹고 있어요? 네? 박재희님.

재희　(의사에게 달려들며) 이 개새끼야!

재희, 의사에게 달려들어 폭행한다. 영준이 이를 말린다.

영준　(재희를 결박하며) 정신 차려. 왜 이래.

의사　씨….

간호사　괜찮으세요? (밴드에 대고) 지혜야. 지금 스테이션이니?
얼른 가드 불러.

재희　(소리치며) 이 사기꾼들! 다 사기꾼들이야!

암전.

3장

늦은 밤. 재희가 갇혀있는 1인실 앞. 영준이 몰래 찾아와 문
을 열려고 한다.

영준　(능청스럽게) 자판기가 이쪽에 있었나… (손잡이를 당기며)

뭐야. 왜 잠겨있어?

재희 영준?

영준 그래. 괜찮아?

재희 괜찮아.

영준 참… 요즘 왜 그래? 무슨 일 있는 거야?

사이.

재희 나 젊을 때 무슨 일 했는지 말해줬는가?

영준 술장사 했다며.

재희 그래. (사이) 20대 때 열심히 돈 벌어서 차린… '내 가게'….

영준 20대라… 오래도 일했네.

재희 행복했어. 처음으로 내 걸 가진 경험. (사이) 꿈을 이뤘다고 생각했지.

재희 (실소하며) 근데… 그냥 꿈이었어.

영준 그게… 무슨 말이야?

사이.

재희 자넨 이상하지 않아?

영준 뭐가?

재희   우리 생일이 같다는 게.

영준   뭐 생일 같은 사람이 한둘인가.

재희   그리고 1년 전 오늘 이곳에서 만났고.

영준   뭐. 칠순 되면 보통 '헬스타운' 들어오니까.

재희   자네는 여기가 진짜 '헬스타운'이라고 생각하나?

영준   '헬스타운'이 아니면 뭐야?

재희   입주한 사람이라곤 우리밖에 없는데 이상하지 않아?

영준   새로 생긴 데라 그렇겠지 뭐.

재희   자넨 어떻게 들어왔다고 했지?

영준   나는… 딸이 입주시켜줬어.

재희   행복해?

영준   뭐 집보단 못하지만, 편하지 뭐.

재희   악몽 꾼다며. 감옥에 갇힌 꿈.

영준   그야 개꿈인데 뭐.

재희   딸 얼굴 기억나?

영준   에이. 이 사람이. 나 아직 그 정도 아니야.

재희   아니, 진짜 생각나냐고.

영준   … 가물가물하지. 안 본 지 오래됐으니까.

재희   그 약 먹지 말아봐.

영준   아이고. 난 당 때문에 안 돼.

재희   하루만 먹지 말아봐. 그리고 우리 담당 간호사 있지?
        그 사람한테 말해.

영준	에휴. 됐어.
재희	(단호하게) 내 말 들어. 그 간호사… 뭔가 알고 있어.
영준	아니, 왜 정색을 하고 그래. 알았네, 알았어.
재희	(영준을 그윽하게 바라보며) 우리… 생각보다 오래된 사이 같아.
영준	뭐?
재희	확실하진 않은데… 느낌이 그래.

손전등 불빛이 보인다.

소리	거기 선생님. 병실로 돌아가세요.
영준	(다급하게) 난 이제 가볼게. 곧 봐. (퇴장하며) 갑니다 가요.
재희	저….

암전.

4장

영준, 빛이 들어오는 창문 앞에 서 있다. 알람 소리와 함께 무대 밝아진다. 영준, 경달 잠에서 깨어난다. 국민체조 음악이 나오면 두 사람 체조를 한다. 간호사 등장.

간호사 (카트를 끌고 들어오며) 좋은 아침입니다. (경달에게 약을 주며) 자. 류경달님. (영준에게 약을 주며) 여기. 정영준님.

영준, 간호사를 뚫어지게 쳐다본다.

간호사 왜요?
영준 (계속 쳐다보며) 아무것도 아니에요.
간호사 (퇴장하며) 쉬세요.

간호사 퇴장. 영준 눈치를 살피다 약을 뱉어낸다. 경달이 이를 발견한다.

경달 (소리치며) 야!
영준 조용히 해.
경달 선생님. 얘 약 안 먹었….

영준, 경달의 입을 막는다.

경달 (벗어나며) 넌 또 왜 이러는데.
영준 한번 해보려고.
경달 뭘?
영준 (눈치를 살피다) 어제 재희 병실 갔었거든.

경달 거긴 어떻게 올라갔대?

영준 자판기 찾는다 그러고… 하여간 개가 그러는데… 약을 먹지 말아보래.

경달 당 있는 사람이, 그러다 진짜 큰일 나.

영준 그래서 생각해봤는데… 자, 봐. 너는 다리 때문에 진통제를 먹고, 나는 당뇨약을 먹잖아? 그리고 재희는?

경달 재희는… 심근경색이랬나….

영준 그치?

영준, 재희의 캐비닛에서 재희가 모아둔 약병을 꺼낸다.

경달 뭐해?

영준 (약병을 보이며) 당뇨약이랑 심근경색약이랑 모양이 같아? 네 약도 이렇게 생겼지?

경달 같을 수도 있지 뭐.

영준 내가 당뇨라는 것도… 아닐 수도 있잖아.

경달 큰일 날 소리하네. 정말.

영준 진짜 큰일이 나는지 해보면 알겠지 뭐.

경달 어허.

영준 (능청스럽게) 일단 하루만. 하루만 해볼게. 상태 안 좋으면 자네가 말리면 되잖아.

사이.

경달   (캐비닛에서 정장을 꺼내며) 하여간 일내기만 해봐.

영준   뭐 하루 안 먹는 거 가지고 큰일이 날까.

경달   (걱정하며) 재희 못 봤어?

영준   에이. 재희랑 나랑 같나. (경달을 보며) 어디 가?

경달   와이프한테. (나가며) 자네, 하루만이라고 분명히 말했어.

암전. 암전 중 음악이 흐른다.

5장

무대 검은 부분에서 어린 영준이 누워있다. 어린 경달의 자취방. 도어락 비밀번호를 누르는 소리가 들린다. 어린 경달이 등장한다.

경달   (등장하며) 일찍 왔네?

영준   (몸을 일으키며) 어.

경달   어디 안 좋아?

영준   일하다 굴렀어.

경달   (놀라며) 뭐? 병원은?

영준   못 갔지.

경달   왜? 산재 처리 안 된대?

영준   되겠냐? 돈도 벌벌거리면서 주는데.

경달   (침울해하며) 아파?

영준   아픈 건 괜찮은데… (사이) 나 잘렸다. 어쩌냐.

경달   아… 큰일이네… (사이) 나도 오늘 잘렸거든.

영준   (놀라며) 왜?

경달   민증 위조한 거 걸려서….

영준   아니, 몇 개월 있으면 진짜 민증 나오는데, 그래도 안
        된대?

경달, 고개를 가로젓는다. 영준 한숨을 쉰다.

잠시 후 도어락 비밀번호 누르는 소리 들리며 재희, 등장. 재
희, 입 주변에 피가 묻어있다.

영준   야. 너 얼굴.

경달   재희야. 너 피 나.

영준   이번엔 누가 그랬는데? 설마… 또 사장 남친?

재희, 쓴웃음을 짓는다.

영준   야. 박재희. 너 계속 가만히 있을 거야?

재희   가만히 안 있음 어쩔 건데.

영준   본때를 보여줘야지.

경달   너 계속 거기서 일해야 해? 술집은 좀 위험한 거 같아.

재희   우리 같은 애들 써줄 사람, 사장님밖에 없어. 여기서도 잘리면 우리 진짜 앵벌이 해야 돼. (사이) 근데… 너넨 꼴이 왜 그래? 무슨 일 있어?

사이.

경달   재희야. 우리… 다 잘렸어. 어떡해?

재희   뭐? 둘 다?

영준, 경달 고개를 끄덕인다.

재희   (웃으며) 아, 새끼들. 진짜 답 없네. 제대로 안 하냐?

영준   안되면 우리… 뽀리깔까?

재희   야, 그때 보호관 아저씨 말 까먹었어? 우리 한 번만 더 사고 치면 형사처벌 받는다잖아. 이제부터 걸리면 진짜 '학교' 가.

영준   그럼 어떡해. 굶어 죽자고?

재희   내가 있잖아. (사이) 우선 이대로 지내보자. 이제 우리 도와줄 사람 아무도 없어.

영준   씨발, 진짜. 억울해 죽겠네.

사이. 잠시 뒤 경달의 꼬르륵 소리, 셋 다 피식 웃는다.

경달   라면… 끓일까?
영준·재희 콜!

암전.
암전 중 음악이 흐른다.

6장

병실, 영준이 소리를 지르면 무대 밝아진다. 경달, 덩달아 깬다.

영준   악!
경달   깜짝이야.

영준이 숨을 헐떡거린다.

경달   괜찮아?

영준　　(숨을 가다듬고) 꿈에 너랑 재희가 나왔어.

　　　　　경달, 갸우뚱한다.

영준　　우리 셋 다 엄청 어렸는데….
경달　　(미소 지으며) 그래?
영준　　(정색하며) 진짜 있었던 일처럼 생생해.
경달　　… 뭐야. 무섭게 왜 이래.
영준　　그리고 무슨 노래가 나왔는데… 내가 그걸 어디서 들었더라….

　　　　　알람소리 울리고 뒤이어 국민체조 음악이 나온다. 두 사람 체조를 한다. 간호사 등장.

간호사　(카트를 끌고 들어오며) 좋은 아침입니다.

　　　　　영준, 다급하게 문을 닫는다.

경달　　야.
영준　　선생님. 저… 약 안 먹었어요.
간호사　네?
영준　　무슨 꿈을 꿨는데… 하여간 재희가… 선생님께 가라

고 했어요. 선생님은 뭔가 알고 계신다고.

간호사 네? 무슨 말씀이세요?

영준 아니에요?

간호사 (미소 지으며) 네. 하나도 모르겠는데요?

간호사, 차트에 무언가를 적는다.

영준 아….

경달 거봐.

간호사 자. 여기 류경달님. 여기 정영준님. 이번에는 수면제랑 같이 드릴게요.

간호사는 약을 주고 차트 모서리를 찢어서 영준에게 준다. 영준, 어리둥절하다.

간호사 다 삼키셔야 나가죠.

영준, 삼키는 시늉을 한다.

간호사 쉬세요.

간호사 퇴장.

경달   봤지? 착각한 거라니까.

영준, 약을 뱉어낸다.

경달   어어!

사이.

영준   (쪽지를 주며) 이걸 주고 갔어.
경달   (쪽지를 보며) … '먹지 마?'

암전.

7장

의사의 사무실. 의사, 누군가에게 전화를 건다.

의사   어. 김 박사. VIP한테서 연락이 왔는데… (눈치 보며) 이번 국회 때도 우리가 나가라네. (사이) 다 같이 나가야 된다니까. 우리가 같이 목소리를 내야… (사이) 이번만, 이번이 마지막이야. (버럭 하며) 누군 뭐 하고 싶어서 이러는 줄 알아? (사이) 십 년이야. 십 년을 기다려왔다고.
이제 코앞인데 포기할 거야? (사이) 이번 국회 때 생명
윤리법 개정만 통과되면… (사이) 아니, 그럼 날 더러
뭘 어쩌라고!

간호사 등장.

간호사 선생님.

의사 … 다시 전화할게. (전화를 끊고) 네. 선생님.

간호사 청문회 때문에 그러세요?

의사 쉽지 않네요. 시작만 하면 다 끝난 건 줄 알았는데. (사
이) 박재희 환자는 좀 어때요?

간호사 계속 액팅아웃 상태예요.

의사 도대체 뭐가 문젠지 모르겠네. 소변에서도 이상 반응
없죠?

간호사 네.

의사 계속 이 상태면 약을 강제로 주사하는 방법밖에 없겠
어요.

간호사 ….

의사 나가보세요.

간호사 퇴장하려 하자,

의사   아, 저 선생님.

간호사   (돌아보며) 네.

의사   혹시 모르니까 박재희 환자 건은 보고하지 말죠.

간호사   네?

의사   알아봤자 좋아할 사람 아무도 없잖아요.

간호사   네. 알겠습니다.

간호사 퇴장.

암전. 암전 중 음악이 흐른다.

8장

다시 영준의 꿈. 경달과 영준이 만화책을 보고 있다. 도어락
문 여는 소리와 함께 재희 등장.

경달   왔어?

재희   (위스키를 내밀며) 이거.

영준   오, 뭐야.

재희   사장님이 줬어.

경달   와. 그거 엄청 비싼 거잖아.

영준   야, 설마… 또 못 준대?

경달	뭘?
재희	….
영준	미친. 왜.
경달	뭘 말하는 거야?
영준	돈 말이야. 돈. 야. 지난주도 못 받았잖아. 지지난주도.
재희	최근에 뭘 하다 신고당했나 봐. 벌금 내서 돈이 없대.
영준	그걸 믿냐?
재희	나야 모르지. 확인할 방법도 없고. (사이) 술이나 마시자. 경달아. 잔 좀.
경달	아… 어.

경달, 퇴장한다.

영준	넌 왜 이렇게 순진하냐. 그 여우 같은 아줌마를 아직도 몰라?
재희	그만 해.
영준	그 깍두기 같은 남친이랑 쌍으로 너 괴롭히면서….
재희	(말을 끊으며) 그만하라니까.
영준	으이그. 두고 봐라. 그러다 뒤통수 맞지.
재희	(술병을 들어 이리저리 보며) 맘대로 생각해.
영준	에휴, 이 병신새끼. 답답해 뒤지겠네. (술병을 뺏으며) 넌 지금 이게 먹고 싶냐?

재희   (다시 뺏으며) 나도 싫어, 나도 짜증나!

영준   그럼 왜 자꾸 거기 붙어있는데.

재희   … 맨날 맞고 산단 말이야.

영준   뭐?

재희   우리 사장. 맨날 남친한테 맞고 살아. (사이) 우리 엄마
      처럼… 그래서 내가 옆에 있어야 돼.

영준   이 새끼, 생각했던 거보다 더 병신이네 이거. 그러니까
      네가 쳐맞잖아.

재희   그래도… 집보다는 낫잖아.

경달, 잔을 들고 등장한다.

경달   자. 여기.

재희   어쨌든… 미안하다. 다음엔 남는 안주라도 싸 올게.

영준   됐어. 얼른 한잔하자.

세 사람, 양주를 잔에 따라 마신다. 경달, 기침을 한다.

재희   캬. 좋다.

영준   이게 으른의 맛인가.

긴 사이, 셋 다 약간 취했다.

재희	너네는 어른이 되면 뭘 하고 싶냐?
경달	어른?
재희	그래. 이제 좀 있음 스무 살이잖아.
영준	스무 살이라…
재희	나는… 사장님한테 가게 받을래.

경달과 영준, 참던 웃음을 터트린다.

영준	병신 아니야 저거.
경달	재희 진짜 재밌다.
재희	진짜야!
영준	아니, 어떻게?
재희	사장님이 지금 가게 나한테 준댔어.
경달	사장이 왜?
재희	딸한테는 물려주기 싫대.
영준	이봐. 또 바보같이.
재희	진짜라니까. 지금도 무슨 일 있으면 아줌마들이 다 나한테 얘기해.
경달	(미소 지으며) 공짜 술은 많이 먹겠다.
영준	이루지 못할 꿈은 꾸지도 마라.
재희	이룰지 못 이룰지 어떻게 알아! 그럼 너는? 너는 뭐할 건데?

영준	나는… (사이) 나는 아빠가 될래. 딸바보 아빠.

경달	결혼은?

영준	음… 생각해 본 적 없는데.

재희	결혼도 안 하고 애를 어떻게 낳냐?

영준	몰라. 그냥 딸이 있으면 좋겠어. 왜. 인형처럼 조그만 애들. 존나 귀엽지 않냐?

재희	으… 애기 극혐.

경달	나는 완전 반댄데.

영준	반대?

경달	응. 애는 없어도 결혼은 하고 싶어. 진짜 사랑하는 사람이랑 여기 이 집에서… 오순도순 말이야.

재희	이렇게 좁은데?

경달	세 명도 사는데 뭐.

재희	… 그래. 경달이 너는 가족이 있는 게 어울리긴 해.

영준	야. 나는?

재희	경달이는 일단 집이 있잖아. (사이) 너는 얼굴도 안 돼. 집도 없어. 허리도 고장 나….

영준	야!

재희	그래. 돈 주고 사 오는 방법이 있네.

영준	이게 진짜. 야 박재희!

재희, 계속 영준을 놀린다. 경달은 웃고 있다.

암전. 암전 중 음악이 흐른다.

9장

재희의 병실. 재희, 고개를 숙인 채 쪼그리고 앉아 있다.
간호사 등장.

간호사 (다급하게) 빨리 무슨 수를 써야겠어요. (병실을 여기저기 살피며) 그 미친 의사가 강제로 주사를 놓겠대요. 약 숨겨둔 거 어디 있어요?

재희 ….

간호사 재희님. 약 숨겨둔 거 어디 있어요?

재희 ….

간호사 어떡하지. 여기서 나가야 하나.

재희 … 당신, 누구야?

간호사 네?

재희 당신, 누구냐고.

간호사 … 무슨 말씀하시는 거예요.

재희, 간호사에게 달려들어 목을 조른다.

재희   (소리치며) 당신, 누구냐고!

간호사, 괴로워한다. 사이. 간호사 표정이 바뀌며 냉소적인
미소를 짓는다.

간호사   다 기억 났나보네.
재희   나한테 왜 그랬어. 나한테 왜 그랬냐고!
간호사   넌 나한테 왜 그랬는데?
재희   뭐?

재희, 표정이 굳으며 손을 내린다.

간호사   (속삭이며) 꼴값 떨지 마. 범죄자 새끼야.

간호사 수술용 칼을 재희에게 주고 퇴장한다.
재희, 칼을 바라보며 미친 듯이 웃는다. 그리고 포효한다.

암전.

10장

영준, 빛이 들어오는 창문 앞에 서 있다. 영준 잠시 멈춰 있다 커튼을 뜯어낸다. 알람 소리 울리며 무대 밝아진다. 경달, 일어나 손에 커튼을 쥔 영준을 발견한다.

경달   (당황하며) 영준아.

영준   … 이제 좀 알 거 같아.

경달   너… 또 약 안 먹었어?

영준   (흥분하며) 내가 왜 몰랐지. 온통 이상한 일 투성이었는데 왜 눈치도 못 채고.

경달   뭔 소리야.

영준   경달아. 너도 약 먹지 마.

경달   됐어.

영준   (경달에게 보채며) 너도 그 꿈 꿔야 해. 그래야 완전히 기억해 낼 수 있어.

경달   그만해 정영준. 너 지금 진짜 이상해. 꼭 재희 같아.

영준   경달아. 우린 지금 현실에 있는 걸까. 꿈속에 있는 걸까. 나는 지금 여기 있는데 현실 속에 있는데… 계속 꿈만 꾸고 있는 것 같아.

경달   영준아.

영준　너 그 약 먹으면 안 돼. 그게 우릴 바보로 만들고 있어.

경달　왜 이래, 정말. 정신 차려.

영준　(소리치며) 너야말로 내 말 좀 들어.

사이.

경달　이상하다.

영준　뭐?

경달　왜 체조 음악이 안나오지?

의사 등장한다.

경달　선생님….

의사, 재희의 베드에서 이름표를 떼어낸다.

영준　재희, 어디 가나요?

사이.

의사　… 사망하셨습니다.

경달　(놀란다) 네?

영준   재희가… 요?

재희   지난밤에 사망하셨습니다. 심근경색이 있으신데 약을
       계속 안 드셨나 봐요.

영준   심근경색….

의사   아무쪼록 두 분은 의심하지 마시고 꾸준히 드셔야 합
       니다.

영준   … 의심이요? 그… 저희 간호사 선생님은요?

의사   아… 많이 놀라셨나 봐요. 휴직 들어가신다고 하네요.
       그럼….

영준   저… 선생님….

의사, 영준의 말을 못 듣고 퇴장한다.

경달   (허탈해하며) 결국… 결국 이 사달이 나네. 이 사람, 불쌍
       해서 어쩌나….

사이.
영준, 조용히 웃기 시작한다. 울음과 웃음이 혼재되어 있다.

경달   왜… 웃는 거야?

영준   불쌍한 건 저 의사야.

경달   뭐라고?

영준 너도 봤지?

경달 뭘?

영준 저 양반 분명 뭔가 숨기고 있어.

경달 정영준!

영준 의심하지 말라고 했어. 마치 우리가 의심하는 걸 알고 있는 것처럼.

경달 우리? 의심은 너 혼자 한 거잖아.

영준 경달이 네가 못하면 내가 계속 알아내면 돼. 이제 며칠만 더 있으면….

경달 (말을 끊으며) 그만해 제발.

영준 다 알아내면 여기 있는 새끼들 전부 다….

경달 (다시 말을 끊으며) 그만! 그만 해….

사이.

경달 내 소원은 딱 하나야. 일 년 전 여기 들어왔을 때, 그때만 같은 거! 그게 힘들어?

영준 너도 알잖아. 여기 모든 게 이상하단 거.

경달 뭐가. 대체 뭐가 이상한데.

영준 너 와이프가 죽고 나서… 여기 들어왔다고 했지? (사이) 어디 있는데? 네 와이프.

경달 죽었다니까.

영준 얻다 묻었냐고.

경달 … 말하기 싫어.

영준 너… 맨날 와이프한테 간다고 하고….

경달 그만해.

영준 비상구에서 몇 시간 동안 혼자 있잖아. (사이) 거기 왜 있었어?

경달 네가 상관할 바 아니야.

영준 갈 곳이 없었겠지. 기억이 안 나니까. (사이) 얼굴은 기억나?

경달 (소리치며) 네가 상관할 바 아니라고.

사이.

경달 네가 지금! 모든 걸 망가트리고 있잖아.

영준 너는 궁금하지도 않아? 우리가 알고 있는 게 진짠지 아닌지 궁금하지도 않냐고.

경달 궁금하지 않아. 그걸 알아서 뭐 어쩔 건데.

영준 모두 거짓일 수 있는데… 그래도 괜찮다고?

경달 그래.

영준 어떻게 그럴 수 있어. 어떻게!

경달 그래서 넌. 거짓이어도 괜찮다는 거야?

영준 뭐?

경달　진짜 우리한테 벌어지고 있는 일 말이야. 받아들일 수 있겠냐고. 네 딸 전화번호 불러봐.

영준　… 몰라.

경달　맨날 전화하잖아.

영준　모른다고.

경달　통화목록 보면 되겠네.

영준　야!

경달, 전화기로 가 손목밴드를 찍고 버튼을 누른다.

소리　입력하신 번호는 없는 번호이오니… 다시…. (뚝)

경달　이럴 줄 알았어… (사이) 나는 매일… 우리 와이프 추억하면서 이곳을 버텨내. (사이) 네가 모든 걸 밝혀낸다는 게 우리한테 어떤 의민지 알아?

영준　경달아.

경달　전부 무너질 거야.

영준　경달아! (사이) 어쩌면 내가 잘못된 걸 수도 있잖아. 차라리 내가 이상한 꿈을 꾼 거고 지금이… 그러니까 우리가 진짜라고 믿고 있는 게 1%라도 진실일 가능성이 있으면, 끝까지 한번 확인해 봐야 되지 않겠냐? (사이) 나도… 시발. 나도 너처럼 간절해. 그래서 더 이러는 거야.

사이.
사복 차림의 간호사 등장.

경달   선생님. 어쩐 일이세요?

영준   (말을 끊으며) 선생님… (다급하게) 저 선생님이 필요해요.
　　　다 알고 계신다면서요. 자꾸 숨기지만 말고 제발 뭐라
　　　도 말 좀 해줘요. 지금 우리가….

간호사 (말을 끊으며) 아직 못 찾았나 보네.

영준   네?

간호사 기억… 아직 못 찾았나 봐.

영준   기억이요?

사이.

간호사 빨리 기억해 내.

영준   선생님….

간호사 (소리치며) 빨리 기억해내라고! 이 범죄자 새끼들아!

영준   네…?

간호사, 확성기를 꺼내 창문 앞으로 간다.

간호사 (흐느끼며) 화이트박스 제도를 철회하라! 범죄자는 잊을 권리가 없다! 화이트박스 제도를 철회하라! 살인자는 용서받을 권리가 없다!

암전.

11장

세 사람의 과거. 경달과 영준이 만화책을 보고 있다. 도어락 문 여는 소리와 함께 재희 등장. 재희의 오른손엔 소주병이 든 검은 비닐봉지가 들려있다.

영준 왔냐?

사이.

경달 안 들어와?

사이.

재희 애들아… 우리 가게 뽀리 까자.

영준　뭐?

재희　오늘 우리 가게 털자고.

경달　그게 무슨 말이야?

재희　내가 금고 비밀번호 알아. 그러니까 가자.

영준　(웃으며) 미친. 뭐라는 거야.

재희　씨발! 말 좀 쳐들으라고.

　　　사이.

경달　재희야.

재희　사장이 나보고 나오지 마래. 미성년자 일 시킨 거 걸렸
　　　다고… 그게 다 나 때문이라고….

영준　그럼… 너 돈은?

재희　못 준대. 나 때문이니까. 그 돈으로 벌금 내야 한대. 이
　　　게 맞냐? 어? (소리치며) 두 달 넘게 개 같은 손님들 받
　　　아 가면서 밤새도록 일했는데….

경달　재희야….

재희　소주 몇 병 주고… 나오지 말란다. (사이) 이게 맞냐?

　　　재희, 흐느낀다.

영준　가자.

재희   뭐?

경달   영준아.

영준   너네 가게… 털러 가자고.

잠시 암전. 다시 무대 밝아지며 술집이 나온다. 계산대에는
과일을 깎아 먹던 흔적이 있고 라디오가 있다. 여자 사장은
졸고 있다. 라디오에선 암전 중 흐르던 음악이 나온다. 영준,
재희, 경달이 살금살금 등장한다.

경달, 망을 보고 영준과 재희는 계산대에 조심히 접근한다.
재희가 금고를 열자 금고 열리는 소리가 크게 들린다.

사장   (잠에서 깨며) 응? 재희니?

사장, 재희를 바라본다. 영준과 경달 숨는다.

재희   (놀라서) 네. 사장님.

사장   어쩐 일이니?

재희   (당황하여) 아… 놓고 간 게 있어서요.

사장, 재희를 보고 열린 금고를 본다.

사장	너…? (사이) 도둑이야. 도두….
재희	(사장의 입을 막으며) 조용히 하세요. 영준아 돈 챙겨 돈!
영준	어? 어….

영준 금고에서 돈을 쓸어 담는다. 사장, 몸부림치며 재희에게서 벗어나 과도를 집어 든다.

사장	(흥분하여) 가까이 오기만 해봐.
재희	사… 사장님.
사장	불쌍하다고 잘해줬더니.
영준	(재희에게) 야. 어떡할 거야….
사장	어디 머리에 피도 안 마른 것들이….
경달	(등장하며) 얘들아.
사장	(휴대폰을 꺼내며) 이래서 '부모 없는 새끼들'은 믿을 게 못 돼. 여보세요? 자기야. 여기….
경달	(소리치며) 안 돼.

경달, 순간 정색하여 사장에게 달려든다. 사장, 휴대폰과 칼을 떨어트린다.

| 영준 | 경달아! |

경달과 사장 뒤엉켜 넘어진다. 경달이 사장을 제압한다.

경달 얘들아. 나가!

영준과 재희, 경달에게 다가가려 하지만 쉽지 않다. 사장, 경달을 깨물고 빠져나와 과도를 집어 든다.

사장 가까이 오기만 해봐! (휴대폰을 꺼내) 씨발, 왜 이렇게 안 받는 거야.

경달, 다시 사장에게서 휴대폰을 뺏으려 한다.

사장 이거 놔!

사장, 과도를 휘두르다 경달의 허벅지를 찌른다.

경달 (쓰러지며) 악!

재희 (경달에게 달려가며) 경달아!

경달이 쓰러지자 사장, 당황하여 칼을 떨어트린다.

영준 (소리치며) 씨발!

영준, 사장의 배를 찌른다.

재희   야! 정영준!

영준, 순간 정신차리고 뒷걸음질 친다.

재희   (사장에게 다가가) 사… 사장님….
사장   ….
재희   (울먹이며) 사장님… 영준아! 119 좀 불러줘.
영준   야, 우리 빨리 나가야 돼.
재희   빨리 119 부르라고!
영준   걸리면 우리 좆 된다고 씨발!
재희   됐어. 씨발. 그냥 너네끼리 가.
영준   재희야….
재희   가!
사장   재희야….
재희   (눈물을 흘리며) 사장님. 죄… 죄송해요… 이러려고 그런
          게 아닌데… 이럴 생각 없었는데… 저는 사장님이 갑
          자기 나가라고 하니까 너무 화나서… 그냥 화나고 미
          워서 그랬어요. 이럴 생각은 없었어요.
사장   (힘겨운 목소리로) 재희야.
재희   (울음을 삼키며) 제가 다 수습할게요. 일단 병원부터 가요.

사장   (재희의 손을 잡으며) 재희야. (사이) 내가 잘못했으니까 우리 딸은 살려줘. 내가 다 잘못했어… 저기 있는 돈 다 줄게.

재희   … 네?

사장   나는 죽여도 되니까… 우리 딸은 살려줘 제발….

어린 여자아이 울음소리 들린다. 재희. 여자아이의 울음소리를 한참 듣다 조용히 일어난다. 재희의 표정 싸늘해진다. 그리고 땅에 떨어진 과도를 집어 든다.

영준   야, 박재희.

재희, 사장의 가슴을 찌른다. 수 차례 찌른다.

영준   (재희를 말리며) 야! 박재희!

재희   (소리치며) 놔!

라디오의 음악이 점점 커진다.

긴 암전.

12장

무대 밝아진다. 의사의 청문회. 의사가 무대 중앙에 있고, 질문자가 객석에서 의사와 대화한다.

의원 선생님. 본인 소개해주시죠.

의사 안녕하십니까. 의원님. 헬스타운 원장 이희도입니다.

의원 네. 이희도 선생님. 헬스타운 원장이시기도 하고, 낙조교도소 소장이시기도 하죠?

의사 네. 그렇습니다.

의원 낙조교도소가… '화이트박스'를 도입하면서 만든 기관입니까?

의사 네. 그렇습니다.

의원 '화이트박스'가 정확하게 뭡니까?

의사 '화이트박스' 제도는 의료기관이나 교도소의 장기입소자, 즉 고령 입소자들을 위한 제도로 입소 이전 기억 데이터를 지우고 새로운 기억 데이터를 입력하는 것을 말합니다.

의원 다시 말해 기억을 편집한다는 말씀이시네요. 그럼 이전 기억은 싹 지워지는 건가요?

의사 잠재기억이 발현할 가능성이 있는데… 이를 제어하는

	약을 지속적으로 먹으면 이전 기억을 찾는 것은 거의 불가능하다고 보면 됩니다.
의원	그래요… 근데 왜 '화이트박스'라고 하죠?
의사	'화이트박스'는 보통 항공기에 사용되는 '블랙박스'의 반대라고 생각하시면 됩니다. 블랙박스가 모든 것을 기록하는 것이라면, '화이트박스'는 인간의 핵심 기억을 삭제하고, 편집할 수 있는 기술입니다.
의원	대상은 누굽니까?
의사	지금은 의료기관의 시한부, 교도소의 고령 재소자들입니다.
의원	선생님께서는 2년 전 이 자리에서, 이 제도에 대해 '효율적인 장기입소자 관리와 인권 보장'을 목적으로 한다고 하셨는데요. 맞나요?
의사	네. 그렇습니다.
의원	기억을 편집한다는 게… 인권보장 맞습니까?
의사	아… 먼저 재소자의 동의를 얻고 난 후….
의원	(말을 끊으며) 최근 피해자 유가족이 낙조교도소에 의료진으로 들어와 소란이 있었죠?
의사	… 네. 그렇습니다.
의원	자세히 말씀해주시겠습니까?
의사	네. 50년 전 '맥주집 사장 살인사건'을 아실지 모르겠습니다. 그 사건의 가해자 3명이 낙조교도소에 재소 중

인데, 피해자 유가족이 담당 간호사로 일하였습니다.

의원 유가족이라면…?

의사 피해자의 딸이라고 했습니다.

의원 채용 시 확인할 순 없었나요?

의사 실제로 간호사 면허를 소지하였고, 근무 경력도 상당해 1순위로 채용됐습니다. 사실 본인이 먼저 말하지 않는 이상 알 수 있는 방법은 없었습니다.

의원 그 유가족이 원한 건 무엇이었습니까?

의사 가해자의 기억을 다시 돌려놓는 것입니다.

의원 왜죠?

의사 범행 기억을 지운 것이… 면죄부를 줬다고 판단한 것 같습니다.

의원 아, 범행 기억도 지우나요?

의사 네. 해당 재소자들은 일반 교도소에 수용되어 있다가 지난해 70세를 넘겨 '화이트박스' 대상자로 분류되었습니다. 그래서 낙조교도소 입소 전 기억은 모두 삭제하고, 그들이 원하는 기억을 입력하였습니다.

의원 본인들이 살인을 저지른 기억이 지워진 거네요. 새로운 기억도 본인들이 만든 거고요.

의사 네. 맞습니다.

의원 범죄자들한테 너무 친절한 것 아닙니까?

의사 … 재소자라고 해주시겠습니까?

의원 아니. 범죄자나 재소자나 그게 그거 아닙니까? 하여간에 왜 그들에게 그렇게 친절해야 하냐 이 말입니다.

의사 고령 범죄자는 계속 증가하고 있고, 특히 장기재소자일 경우 관리가 더욱 어렵습니다. 몇 년 전 제가 진행한 실험 연구에서 과거의 범죄를 인식하고 있는 재소자 그룹과 과거를 잊고 환자로 입원한 것으로 인식하는 재소자 그룹을 비교하였는데… 후자가 월등히 관리가 쉬웠다는 결과가 나왔습니다.

의원 뭐 관리야 그럴 수도 있겠죠. 근데 범죄자들 교화가 제대로 되겠습니까? 이들을 밖에서 바라보는 시선은요?

의사 기억을 지우는 것과는 별개로 그들은 여전히 사회에 나올 수 없습니다. (사이) 외람된 말씀이지만 이미 그들은 50여 년간 충분히 반성을 해왔고, 또 모범수였기 때문에 대상자로 선정된 것입니다. 이젠 그들에게도 존엄하게 늙어갈 권리가 있습니다.

의원 살인자가 존엄하게 늙는다… 피해자 유가족이 억울하지 않겠습니까? 그자들 형량이 어떻게 됩니까?

의사 … 1심에서 '사형', 2심에서 '가석방 없는 무기징역'을 받았습니다.

의원 이보세요. 선생님. 여기서 이 제도의 허점이 나오는 겁니다. 제가 정신병원이나 요양병원, 헬스타운은 인정합니다. 그런데 교도소의 장기재소자들은 사회에 물의

를 일으키는 중대한 범죄를 저질렀기 때문에 사회로
부터 격리된 것 아닙니까?

의사   하지만 재소자들이 사건 당시 가정 밖 청소년이었고,
이들을 변호할 수 있는 제대로 된 시스템이 없었다는
것을 감안하면 다소 무거운….

의원   (말을 끊으며) 이봐. 당신 의사지, 판사가 아니잖아?

의사   ….

의원   유가족이 그들을 용서할 수 있을 거라 생각하십니까?

의사   그게….

의원   (말을 끊으며) 아직 말 안 끝났습니다. 그 사람들 이미 살
인을 저지르기 전에도 보호처분을 받았다는 사실을
알고 있습니까? 초범도 아니고 전과자가 살인을 저지
른 거란 말입니다.

의사   하지만….

의원   사회에서 격리가 됐다는 건 사회에서 누릴 수 있는 모
든 권한을 박탈당했다는 겁니다. 자신의 죄를 잊고 평
화롭게 늙어갈 권리도요.

사이.

의원   심지어 그 재소자 중 한 명은 자살했죠?

의사   그게… 피해자 유가족이….

의원 선생님께서 말씀하신 '장기 입소자의 인권 보장'… 된 게 맞습니까?

의사 ….

의원 (서류뭉치를 의사에게 주며) 피해자 유가족단체에서 이렇게 많은 탄원서를 보냈습니다. (제자리에 돌아오며) 본 의회는 '화이트박스' 제도에 대한 재검토를 요청하는 바입니다.

의사봉 두드리는 소리.
암전.

14장

알람소리와 함께 무대 밝아진다. 영준, 경달 잠에서 깨어난다. 영준과 경달 모두 간호사가 준 가디건을 입고 있다. 국민체조 음악이 나오면 두 사람 체조를 한다. 체조가 끝난 후 의사가 등장하여 두 사람에게 약을 나눠주고 삼키는 것을 확인한 후 퇴장한다.

두 사람 각자 편한 자세를 취한다. 영준, 병실 전화기에 손목밴드를 댄다.

영준 누군가에게 전화를 건다.

영준   (전화를 걸며) 일 때문에 바쁘냐. 어째 연락 한 통 없어.
시간 있을 때 전화해라.

암전.

끝.

비바 청춘

남윤정
멘토 김성희

등장인물

사장님(본명: 구일동) _54세 싱글남
알바생(본명: 김도연) _50세 싱글녀
지인1 보릿고개남(본명: 김지수) _52세 싱글남(전직 헤어
디자이너+전라도사투리)
지인2 트로트가수(예명: 인평) _54세 싱글남
지인3 여사장 _51세 (고깃집 운영)

시간

2023년 여름

장소

노래방, 참칫집, 노래연습교실

무대

뒤에는 참칫집 주방과 선반, 조리대 등이 설치되어 있으며,
무대 중간에는 다용도 테이블 2개와 의자 5개가 있다.

1막

프롤로그

배경 : 맥주집 (무대 뒤에 역전할배라는 간판)

지수 (술에 만취해서 상체를 겨우 세워 앉아있으면서, 도연을 뚫어져라 쳐다본다)

도연 왜 그렇게 계속 빤히 오래 쳐다보는 건데요? (화가 난 표정)

지수 머? 뭐라 씨부리능겨? (하면서 더 뚫어져라 쳐다본다)

도연 계속 그런 식으로 불쾌하게 쳐다볼 거면 진짜 신고할 거예요!

지수 머시기? 그게 뭔소리인겨?

도연 (화난 표정을 거두면서, 가식 같은 미소 살짝 지으면서) 아~~ 농담입니데이… 하하.

지수 (술에 만취해서 도연의 말을 제대로 못 알아들은 표정으로 이번에는 다른 사람들을 두리번거리며 쳐다본다)

인평 자자~~ 동무들 멋진 아침을 위하여! (가방에서 컨디션 음료 몇 개 꺼낸다)

일동 아이고 이 양반아 술은 취하려고 마시는 거지 술 깨려

면 뭐하러 마시노?

인평 내일 노래교실수업 가야 되잖아… 아님, 니가 내일 내 수업 대신 가줄 거냐?

일동 헥… 나도 내일 참칫집 아침에 문 열고 점심메뉴 빡세게 준비해야 되잖아….

도연 일동오라버니, 그래서 아까 고깃집 여사장님한테 그만큼 내일 알바 도우러 오라고 했는데, 만약 내일 그 언니 참칫집 안 오면 어떻게 되는 거죠?

일동 그래서 내가 아까 오늘 첨부터 니한테 알바 오라고 말한 거 아니가?

도연 그럼, 그 언니 못 오면 내가 내일 알바 가야 되는 건가요?

일동 일단, 기다려 보자. 고깃집 마감하고 여기 맥주집 온다 했으니….

그때 고깃집 여사장님 맥주집으로 허겁지겁 들어온다.

여사장 아이고~ 제가 좀 늦었지요? 안 그래도 오늘 마지막엔 손님 거의 없어서 일찍 마치고 온 건데….

도연 괜찮아요. 언니~ 안 오실 줄 알았는데… 이렇게 딱 타이밍 맞춰서 오셨네요.

나머지 사람들도 다같이 반갑게 인사하며 맞이한다.

일동 오호 드뎌 오셨구만… 자 그럼 우리 모두 노래방이나
함 가줘야 되겠지요?

도연 일동오빠~ 내일 가게는 어떡하려구요? 그리고 언니분
도 참칫집 알바 도와주러 온다면서요?

여사장 나 말하는 건가요? 나 아까 고깃집에선 제대로 대답한
거 아닌데….

일동 아 몰라~ 다같이 노래나 부르러 가자….

인평 헐… 그럼 노래방 가서 내 노래나 불러 볼까나? 에라
모르겠다… 멋진 인생을 위하여~ 멋진 음주를 위하여.

도연 인평오빠~ 자기 노래 홍보는 이제 그만해도 돼요…
오늘은 다들 좀 일찍 들어가야 되는데… 글고, 내일 아
무래도 내가 참칫집 알바 가야 될 것 같은 분위기네…
아… 미치겠네… 다들 고빨….

무대조명 어두워지고 잠시 후 노래방 배경.

지수 (노래방 테이블에 머리를 박고 앉아 있다가 시끄러운 배경음악이
나오자 얼굴을 든다)

일동 지수야~ 그렇게 머리로 노래책 공부하지 말고 노래
선곡이나 좀 해봐라~~

도연 (리모컨을 일동에게 주면서) 옵~ 요새 누가 노래방책으로 음악 찾나요? 그렇게 책으로 노래 고르니깐 아재란 소리 듣는 거예요. 하하하.

일동 야야 그럼 아무 거나 틀어봐라. 그리고 맥주나 좀 더 시키자.

도연 술은 적당히 좀 먹어요. 아까도 많이 마셨으면서… 술보다 노래 부르고 춤 좀 춥시다. 그래야지 잼있고 술도 깨지요.

인평 어 아무도 노래 선곡을 안 하네. 그럼 내 곡 불러야징… 하하. 도연아 금영노래방 22328 알제?

도연 하도 많이 들어가 이 번호는 나도 외웠지요…. (리모컨으로 번호 눌러준다)

인평 (일어서서 신나게 노래한다)

지수 (그제서야 술기운을 조금 차리고 웃으면서 박수를 치면서 흥겨워한다) 역시~ 인평형님 노래 겁나 잘하시네요. 아… 하하하… 역시 노래는 트로트가 최고인겨.

여사장 지수님 이제 술 좀 깨신 것 같네요? 아까 맥주집에서부터 술 많이 취하신 것 같던데? 노래도 같이 부르고 하세요….

지수 괜찮구만유~ 내는 거시기 이렇게 그냥 구경하는 게 더 신이 나부렀구먼유~~ 우리 여사장님도 노래 한 곡 부르시죠이? (느끼하게 쳐다보면서) 으짜까이~ 우리 이쁜 여사장님 노래 한 곡 쪼까 듣고 싶은디.

도연 (박수 치면서 노래 부르는 거 구경하다가 지수한테 말을 건다) 먼 거시기 구경만 하지 말고 노래 좀 골라서 불러봐요. 언니도 좀 있다가 신나게 노래하시겠지요….

지수 아따 도연아~~ 니는 거시기 니 할 거나 하거라. 넌 노래는 안 하고 맨날 춤만 춘다매? 그럼, 춤이라도 좀 춰 보덩가? 춤 워쩌게 추는지 디게 보고싶구마이….

도연 아이고 내 알아서 할게요. 신나는 댄스 음악 나오면 춤 추지 마라 캐도 추니깐….

일동 그건 그렇고 맥주는 시킨 거가? 왜 안 오노? 도연아~ 안주랑 맥주 빨리 좀 갖고 오라 캐라. 과일안주 시켰는데 과일을 어디 가서 사갖고 오나? 빨리 안 나오노….

도연 여기 노래방 손님 많은가 본데~ 내가 나가서 카운터에 한번 물어볼게요. (무대 뒤쪽 문으로 나간다)

지수 (이때부터 여사장 옆으로 점점 다가오더니 딱 바로 옆에 붙어 앉는다) 이뿌니 여사장님 우리 시방 이제부터 겁나 친하게 지내보아요.

여사장 (지수가 갑자기 옆에 딱 붙는 순간 살짝 몸을 피하면서) 아… 네네네…. (어색한 표정 짓는다)

지수 어라~ 시방 내가 친하게 지내자고 옆에 앉았구마이~ 와 몸을 피하고 표정이 와 그라요?

여사장 아… 네 그건 아니고 갑자기 옆에 딱 붙으시니깐 놀래

서 그러죠 뭐… 허허. (억지웃음 및 미소 짓는다)

지수   그럼, 쪼까 우리 더 친하게 지내봅시다요~~ (여사장 허리를 감싼다)

여사장   앗? 왜 갑자기 손이 허리에? (놀라며 다시 몸을 더 옆으로 피하면서) 다같이 담에도 자주 만나면 되는 거지 이런다고 더 친해지나요?

지수   (이번엔 손으로 여사장 손하고 팔을 잡으면서) 아따 그럼 같이 손잡고 춤이나 춥시다요.

여사장   아니 조금 전 허리 잡더니 이번엔 팔을 잡으시고… 허리든 팔이든 초면에 여자한테 스킨십 함부로 하시는 거 아니에요? 아… 쫌 황당하네요….

지수   아니, 내는 그냥 편해서 그러는 건데… 아까 맥주집에서도 내한테 친절하게 해주시는 것 같아부러서요…. (하하하, 실실 웃어본다)

여사장   친절한 여자한테 다 그렇게 스킨십 하는 건가요? 기가 막혀서… (인상 찡그리면서) 아까 허리 감쌀 때 내가 몸을 피했는데, 또 손으로 팔 잡으시고… 눈치가 없으신 건지….

지수   아~~ 아니 그게 아니고요… 내는 그냥 친하게 지내자고 그러는 건데… 뭐 우째야 되는 건가…. (술이 점점 취하는 듯한 표정으로 맥주잔을 들어서 마신다)

이때 도연 노래방 안으로 들어온다.

도연 주인아저씨가 곧 안주랑 맥주 더 시킨 거 갖다준대요… 자자 노래 부르고 놀자구요. (그러다가 분위기를 살피고는 여사장하고 눈 마주치고는 이상한 느낌의 표정을 짓는다)

여사장 나 이따가 집에 가야 될 것 같네… 도연님 나 좀 있다가 사라지더라도 이해해요.

도연 (가까이 와서) 언니~~ 기분이 왜 안 좋아졌어요? 먼일 있었나 보네?

지수 아따 왜 벌써 집에 가시는겨? 아… 여기 소주는 없는겨? 도연아~ 맥주 시키는 김에 소주도 더 시키지 그랬냐?

도연 아니 지수오빠 아까부터 벌써 많이 취하셨는데 또 소주 더 마시려구요? 글고 이 분위기는 뭐야? 잠깐 나갔다 들어왔는데 공기가 서늘하구만….

여사장 도연님 나 여기 술자리 처음 왔고 이분 (지수를 보며) 처음 보는 분인데 내한테 스킨십 하는 건 너무한 거 아니야?

도연 (놀란 표정으로) 누가 먼 스킨십요? 설마 지수옵이 언니한테 스킨십 했나요?

지수 (눈을 꺼벙하게 껌뻑거리면서) 나 말하는겨? 내가 뭘? 난 그냥 친하게 지내보자고…. (술 더 취한 척 말을 얼버무린다)

도연 지수오빠~ 여자한테 친하게 지내보자고 느끼하고 더 러븐 손 막 쓰는 거본데? 아니 우리가 이렇게 친한 남 자들하고 술 먹으러 오는 게 어디 업소에 일하러 오는 여자처럼 보이나요? 오빠는 여자가 잘해주고 친한 척 하면 전부 술집여자처럼 보이는 거 아니야?

지수 (놀라면서) 무슨? 갑자기 먼 업소 타령인겨?

도연 (흥분해서) 그렇게 우리를 술집여자처럼 대할 거면 첨부 터 술집이나 업소에 갈 것이지 이렇게 이런 그냥 술모 임에 와서 왜 유흥주점에서 하던 더러븐 행동 하는 거 냐구요?

지수 머? 내가 뭘 어쨌다고 그러는 것이야? 아이고… 미치 겠네… 술이 막 깨는구마이….

도연 (더 흥분해서) 내가 솔직하게 말해줄까? 30만 원 내고 주점 가는 것보다 3만 원 내고 술모임 오니깐 가성비 좋은 거고… 그래서 술자리 왔다가 여자 옆에 있으니, 업소에서 하던 버릇 나오는 거 아니냐고요?… 아 열 받아… (흥분해서 소리지르며) 그럼 그런 데서 하던 버릇 대로 하시고 고대로 신고할 테니 성추행 벌금 몇천만 원 세금 내시던가?

여사장 안 되겠다… 나 때문에 더 싸우겠네… 난 그냥 나갑니 다… 잡지 마세요. (가방 챙겨서 나가려고 일어선다)

노래 부르던 인평과 박수 치던 일동은 여사장이 나가는 걸 보고서야 그제서야 흥을 멈춘다.

일동 어~~ 먼일이고? 끝나지도 않았는데 와 갑자기 나갈라카노? 머 노래방 와서 노래 부르고 놀아야지 머 앉아서 계속 이바구하고 그카드노?

도연 일동오빠~ (손으로 지수를 가르키며) 저 발정난 보릿고개 옵님이 저 더러븐 손으로 여사장언니한테 오만상 쭈물떡 거리고 경찰서 가서 벌금까지 내실 모양입니다!

지수 (벌건 얼굴로 취기를 이겨내며 흥분한 표정에 말도 더듬거린다) 머머… 머시기? 야~ 도연~ 니는~ 누누 누가 쭈물떡 거렸다능겨? 그냥 쪼오까 친하게 지내자고 손잡고 노래 부르자 한 거 가지고 내를 무슨 성추행범으로 모는 것이냐? 너, 너 (손으로 본인 가슴 치면서) 내 내 내한테 왜 그런댜?

일동 아이고 야~ 지수 이 새끼~ 니 또 술 먹고 여자 손잡고 그카나? 그 개버릇 언제 고칠래?

도연 일동오빠~ 우리 모른 척 그냥 놔뒀으면 언니한테 더한 짓까지 했을지도 몰라요.

지수 머머머? 머 더한 짓이라고라? 내가 뭘 워쨌다는것이여? 일동형님~ 도연이 쟈가 나를 완전히 무슨 이상한 양아치로 몰아가는데 와 미치겠네….

일동 야야 지수야~ 닌 이상한 양아치가 아니고 그냥 개양
아치다~ 도대체 술만 먹으면 여자 밝히고 지랄이고?
니 도대체 그 술버릇 어제 고칠 끼고? 못 고치면 그냥
혼자 술을 먹던가?

지수 와~~진짜 내 내 내가 술 한번 먹으러 왔다가 개양아
치란 소리까지 듣고 환장하겠네~ 아니~ 여사장님~그
렇게 서 있지만 말고 똑바로 말 좀 해주고 가시랑께?
내가 여사장님 진짜로 쪼물딱거린 건 아니잖에??

여사장 아니 나 그냥 불쾌해서 그냥 나가고 싶은데~ 지수님,
아까 저한테 허리 감싸고 또 일방적으로 손까지 잡으
시고~ 아 나 이런 거 말하는 것도 더 불쾌하니 그냥
집에 갈래요.

일동 아이고 여사장님 표정 보니 기분 많이 상하신 것 같은
데 괜히 내가 불러갖고 같이 놀다가 이렇게 돼서 내가
더 미안하네. 지수야~~ 너 일단 여사장님한테 사과부
터 해라.

지수 뭐 도대체 내가 뭘뭘뭘? 나를 양아치로 몰아가고 사과
하라 카는겨? 돌아버리겠구마이.

일동 (엄청 화나서 서 있는 지수를 발로 밀어버리니 지수는 넘어진다)

지수 아니 형님~ 아무리 화나도 발로 미는 건 아니제? (만취
해서 비틀비틀 억지로 일어나 보려 노력하지만 더 바닥으로 자빠
져버린다)

인평 앗… 내 노래 부르면 기본 3곡인 거 알지요? 아직 덜 끝났는데… 왜왜? 쓰러지고 난리네요? (노래방 기계를 정지시킨다)

여사장 이러다 큰일 나겠네요… 저 더 이상 여기 못 있겠어요. (진짜로 나가버린다)

인평 아이고야~ 아니 여러분~ 이건 아니잖아… 이제 정리 좀 하고 나가던가 합시다.

일동 그러자~ 저 자빠진 곯아 비틀어진 지수는 누가 달랑 들어서 밖에다 버리고 가뿌자고마.

도연 (얼굴에 짜증기가 가득한 표정을 애써 감추면서) 아~ 일동읍 그렇다고 사람을 발로 차면 어떡하노? 빨리 일으켜 세우고 정리하고 나가요. 진짜 오늘은 여기서 그만해요~

일동 야 내가 뭘 발로 차? 그냥 좀 밀었는데 지가 저렇게 자빠지는걸.

지수 (겨우 몸을 일으켜 세우고 의자에 앉고는 테이블에 머리를 처박고 잠든다)

인평 아까 컨디션까지 돌렸구만… 다들 이러능공… 자 그럼 계산이나 먼저하고 남은 술 다 먹고, 노래 부르다가 갑시다….

일동 (술에 만취해서 비틀거리면서) 주머니에서 카드를 꺼내서 도연한테 넘긴다.

도연 알써요~~내가 계산부터 하고 오께요.

2막

암전 후 참칫집 배경으로 바뀜.

배경 : 다음날 낮 2시 참칫집 식당 안 점심식사 손님이 모두 다 빠진 테이블 몇 개와 여기저기 어지럽혀져 있는 가게.

일동 (맥주를 컵에 한 잔 따르고 땀을 닦은 후 시원하게 들이킨다. 그리고 핸드폰을 보다가) 아니 내 카드 어젯밤에 도대체 얼마를 쓴 거야? 그리고, 지갑에 왜 현금이 천원짜리 몇 장밖에 없지?

도연 (행주를 들고 설렁설렁 테이블을 치우다가 살짝 움찔하며 사장님을 슬쩍 쳐다본다)

일동 어~~ 이거 16만 원이 뭐지?

도연 에이~ 이 비싼 참치를 먹다가 테이블에 버리면 우짜노···. (행주로 테이블을 닦으면서, 잘못 들은 척해본다)

일동 우리 어제 몇차까지 술을 마신 거고? 환장하겠네···.

도연 또 기억을 못 하는 갑네요? 이제 술 좀 적당히 드시지~ 아무래도 사장오빠는 알콜성 치매인 것 같다니까요?

일동　치매 같은 소리하고 있네? 그건 그렇고 어제 우리 몇 명이서 어디서 머하고 놀았던 거야? 왜 내 지갑에 현금도 없고 카드문자가 어디서 쓴 건지 알 수가 없네….

도연　진짜로 기억 하나도 안 나시는 건가요? 환장하겠네 요… 일동오빠가 어제 2차 3차 골든벨 내가 쏜다 하신 것 같은데… 그렇게 궁금하시면 회비절약남 양아치 보릿고개욥한테 전화해서 한번 물어보시던지요….

일동　(남은 맥주잔을 다 들이키다 말고) 근데, 보릿고개는 또 누구지? 별명이 와 보릿고개인데? 또 웬 양아치?

도연　크크크. 술 먹으면서 보릿고개 시절 몇 년째라고~~어 제 그 얘기 듣고 다 같이 배꼽 잡고 웃으며 박수치고 난리가 났구만요.

일동　요즘 시절에 밥 못 먹는 사람이 어디 있다고 보릿고개 란 말이 나오노?

도연　지수오빠가 싱글남 된 지 십수 년째인데 요즘처럼 보 릿고개 시절이 없다 카데요~ 코로나 이후부터 먹고 살기도 점점 힘들어지고 여자 만나는 것도 고난의 역 경이라서 싱글남 보릿고개시즌이라 카데요ㅋㅋㅋㅋ

일동　아~~ 맞나? 난 또 지수 그놈이 비쩍 말라서 몬 먹은 것처럼 골아 비틀어져서 별명이 보릿고개인 줄 알았 지ㅎㅎㅎ

도연　(다른 테이블 옮겨가면서 정리하고 의자를 들어서 옮기면서) 아

무튼, 보릿고개 곯아 비틀어진 지수오빠한테 전화 한
번 해보세요~~

일동 알았다. 그놈은 저녁부터 술집 가게 문 여니깐 지금쯤
일어는 났겠지.

도연 지수 그 오빠 참 개성 독특하고 스타일 튀고 유머감각
도 있고 아마도 전직 헤어디자이너 오래 해서 눈치도
빠르고 말주변도 좋고 그렇게 보이더라구요.

일동 아~ 그래서 옷을 희한하게 입고 다니는 거였구나. 근
데, 그렇게 곯아 비틀어져 갖고 어느 여자한테 인기가
있겠노? 그카니깐 보릿고개 되는 거지… 하하. (또 맥주
잔에 맥주를 따르면서 조금 전보단 차분해져 보인다) 긍데, 그
놈이 양아치란 말은 뭔 말이고? 어제 또 무슨 사고 친
거가?

도연 헐… 기억 못하시는 게 낫겠다… 옵이 발로 지수오빠
자빠드리고 노래방에서 개판됐구만….

일동 내가? 발로 누굴? 아… 이거 뭐 내가 알콜성 치매는 맞
지만… 내가 왜?? 혹시, 지수 그놈 술 먹고 또 개버릇
나온 거 아니가? 어제는 먼 짓 하드노?

도연 예… 지수오빠 술먹고 첨 본 여자한테 스킨십하고 난
리나서 일동오빠가 화나서 발로 밀고… 아이고… 나
도 어제 일 생각하기도 싫고 떠올리기 짜증나네….

무대 뒤쪽에 세워진 빗자루를 찾아서 집어 들고는 오디오 쪽으로 가서 음악을 튼다. 트로트 음악이 흘러나온다. 〈제목-멋진 인생을 위하여〉

일동   야야~~ 갑자기 웬 뽕짝음악이고? 닌 라틴댄스 춘다 카드만 이런 음악도 듣나?

도연   하하하. 내 요즘 트로트안무 짜보는 중입니다.

일동   먼 안무? 그게 춤 맹글어 준다는 건가? 긍데 그거 돈 받고 하는 거가? 아무튼, 니는 소일거리도 참 잘 만드네?

도연   허허~ 여기 참칫집 아르바이트처럼 돈 버는 일이면 더 좋겠지만 그냥 친한 지인 오빠라서 내가 안무 한번 짜주려고 하는 중요.

일동   쯔쯔쯔. 니가 그렇게 말하는 거 보니 그분한테서도 술 많이 얻어 먹었는갑지?

도연   앗ㅋ 오빠는 장사하다 보니깐 눈치 하나는 빠르다니깐요ㅎㅎ

일동   그런가? ㅎㅎ 그런데, 나도 20대 리즈시절에는 엄청 잘 나갔었는데 말이야… (한숨 한번 내쉬고) 그건 그렇고, 니는 어제도 내한테 술 얻어 먹었으니깐, 오늘 알바일 더 빡시게 해라이~ 청소도 더 깨끗하게 하고~

도연   안 그래도 오빠한테는 돈 안 받고도 알바 할라켔었는데, 알바비 받았으니 더 열심히 일해 드릴게요~ (음악소

리를 조금 더 크게 하고는 이리저리 왔다갔다 하면서 흥겹게 몸도 흔들어가면서 청소와 정리정돈을 한다)

일동 (도연의 흥을 쳐다보면서) 쯔쯔 춤은 나이트 가서 추는 게 제맛이지. 혼자 흥겨운 게 무슨 춤이고? 나이트 가서 신나게 춤추고 부킹도 해야 잼있는 거지.

도연 역시나 나이트에서 춤추고 부킹하고~~ 부킹이 더 중요한 목적인 거군요.

일동 아니 뭐~~ 남자들 다 그런 거 아닌가? 나이트에 부킹하러 가지 뭐하러 가노? 니처럼 춤만 추러 가는 사람들이 더 이상하게 보이는구만.

도연 또 수준 딸리는 소리 하십니다… 춤이라는 게 나이트에서 막춤 추는 게 다가 아닌데.

일동 머? 수준 딸린다고? 춤에 무슨 수준이 있노? 야 그럼 니가 추는 라틴커플댄스는 뭐 수준이 그렇게 높아서 그렇게 붙어가 부비부비 추나? 바차차? 차차차? 야 이름도 어렵다… 몇 번 들어도 이름도 모르겠다.

도연 바차타~요! 라틴어니깐 기억하기 어려운 거지… 옵이 관심 없으니깐 대충 기억하는 거지. 그리고, 붙어가 부비부비 아니고 척추와 몸의 관절을 이용한 과학적인 운동역학인 웨이브 기술로 고급 테크닉 패턴을 쓰는 정확히 말하면 센슈얼 바차타라는 겁니다….

일동 뭐, 먼 말을 하면 설명이 더 어렵노? 춤은 그냥 내키는 대로 추는 거지 무슨 과학이란 말까지 나오노? 머리 아프그로.

도연   그럼 머리 안 아프게 쉽게 설명할게요. 과학적인 몸의 움직임 원리를 이용한 남녀 붙어가 부비부비 춤도 추고 썸도 타고~ 자 설명 됐습니까?

일동   그래 부비부비 썸~~ 딱 좋다… 그거 좋네… 썸타기 아니 여자 꼬시기 딱인 춤이두만. 니가 저번에도 뭐 어렵고 고급 라틴사교댄스라 캐서 딱 관심 없었는데… 그건 글코, 일단 한번 뭐 어떤 건지 한번 구경이나 체험이나 해봤으면 좋겠구만….

도연   그럼 이따가 알바 마치고 내가 기본스텝 한번 갈켜주께요.

일동   뭐? 니가 갈켜준다고? 그럼, 니하고 내하고 둘이서만? 야야 니 말고 다른 이쁜 여자랑 붙여줘야지… 니하고 추는 거면 안 할란다 고마.

도연   헐… 어쩐지… 그러시등가 말든가요….

사장님은 쓰레기통을 가지고 밖으로 잠시 나간다. 그리고나서 잠시 후에 무대로 지수(벙거지 모자 쓰고 껄렁한 걸음으로) 무대에 등장한다.

도연   (지수가 갑자기 들어온 거 보고 엄청 놀라며 음악을 꺼버린다)

지수   오늘 점심메뉴 많이 팔았는가 보네요이? 알바생이 음
        악도 틀어놓고 요로콤 열심히 청소도 하는 거 보니?
        하하. 아주 신이 났구마이? 긍데, 일동이 형님은 어디
        갔능겨?

도연   아~ 아까 지수오빠한테 전화한다 카던데, 그 단새 금
        방 날라 온 건가요?

지수   그런가? 난 시방 여기 왔다가 오후에 가게 문 열어야
        돼서 빨리 온 거지ㅎㅎ

도연   긍데, 지수오빠 몸 괜찮은가요? 컨디션 멀쩡하네요?
        (비꼬는 말투로) 어제 술도 엄청 많이 먹은 것 같던데?

지수   그래 내가 니처럼 그렇게 술을 고빨로 마시는 줄 아나?

도연   헐… 웬 고빨요?… 갑자기 내 술 마시는 걸로 트집 잡
        으시네? 기기 찬다… 내가 어제 노래방에서 있었던 거
        그냥 기억 안 하려고 참고 이렇게 열씸히 일하는 중
        이었는데… (표정 점점 울화 치밀며) 지수옵이 어제 했던
        일… 아 뚜껑 열려….

지수   먼 뚜껑이 열러부러? 그카능 거 보니 니도 벌써 갱년
        기가 오부런 것이냐?

도연   뭐 이번엔 뭔 갱년기 타령까지? 아니. 그럼 어제 지수
        오빠는 노래방에서 술 취해 갖고 뭐 했는지 지금 알면
        서 이러는 거예요? 어제 오빠 땜시 노래방 분위기 마
        지막에 엉망 개판 다 됐는데….

84

지수 (손으로 옆머리를 누르며 머리 아픈 듯한 표정) 어제 누가 내 밀어뜨려 자빠진 것 같은디… 뭐 술 먹으면 이런 날도 있고 저런 날도 있고 한 것이제… 아따 그건 글코 어제 노래방에서 내가 술 많이 먹고 자빠지고 뻗어서 집에서는 우찌 왔는기 기억도 안 난당께롱. 혹시, 어제 내가 누구한테 실수한 건 없는 것이제? 뭔가 쪼까 거시기 내가 뭘 했는지 잘은 모르겠지만… 글고 내가 왜 자빠졌는지도 모르겠고 니가 또 이카능 거 보니 먼 일 있었나 보네이?

도연 아… 먼 일 있었다는 사실은 인정하는 건가요? 그럼, 어제 첨 뵙던 고깃집 여사장님은 기억하시겠지요? 그리고 지수오빠가 했던 짓거리… 아니 그 행동도…. (지수를 비꼬듯이 계속 쳐다본다)

지수 아… 어제 그 여사장님 사람 참 좋아 보이던데… 그분은 어제 언제쯤 집에 가셨냐? 나도 내가 집에 어떻게 왔는지 잘 모르것따만서도….

도연 노래방에서 지수오빠 땜시 불쾌해서 싸우고 난리나서 먼저 나갔잖아요? 그리고 지수오빠는 일동오빠가 밀어서 자빠지고 테이블에 머리 처박고 졸다가 나중에 억지로 우리가 끌고 택시 태워보냈구만… 미친다 미쳐….

지수 아… 글체이 그런 것이었꾸마이… 그럼 내가 뭔가 잘못 했는가보니 담에는 너거들캉 술 마시고 노래방 가는 건 쪼까 자제해야겄다이….

도연 쪼까 자제가 아니고, 오빠는 그냥 여자들 술 따라주는 술집이나 유흥업소나 자제하지 말고 편하게 가는 게 딱 맞을 것 같네요….

지수 야야~~ 뭔 업소 얘기까지 나오는 것이여? 뭐 비싼 업소술집은 어쩌다 한번씩 가는 것이지… 그리고 요즘 접대 문화 같은 거 거의 없어서 그런 비싼 룸업소에는 갈 일이 거의 없당께롱.

도연 아… 그래서 비싼 룸업소 갈 일이 없어서… 우리하고 편하게 술집 가서 행동은 업소에서 하던 대로 하시는 건가요? 아이고 기가 막힌다… 그럼 다음에 우리하고 술 마실 때는 업소 왔다 생각하고 지갑에 한 백만원 챙겨오시던가? 그럼 우리가 업소에서 하는 것처럼 똑같이 놀아드리죠 뭐… 진짜 웃긴다… 이 오빠….

지수 야야~~~ 갑자기 업소 타령하고 먼 백만원 돈 얘기까지 나오냐? 그냥 말이 그렇다는 것이지… 암튼, 내가 거시기 어제 노래방에서 뭔가 실수한 것 같긴 허지만… 잘은 기억은 못항께… 일단, 내가 뭔 짓했더라도 사과하는 걸로 하고 앞으로는 너거들캉 술 많이 안 마시도록 해야 안 쓰겄나싶네….

도연 네네… 뭐 기억 못한다 하니깐, 어제 내가 오빠한테 화나서 했던 말도 잘 기억 못하시겠지요? 그럼… 오빠

말대로 앞으로 우리가 술 많이 같이 마실 일은 없다 하니 나중에도 혹시나라도 어제 같은 일은 다시 반복 안 되도록 합시다요 제발….

지수   그래 그러자고이… 아따 긍데 일동형은 어디 갔는데 아직 안 들어오노?

도연   지수오라버니도 가게 문 연다 하시면서? 얼른 빨리 가 보이소. 나도 이 가게 바닥만 닦아놓고 나가야 되니깐. (물걸레를 찾아서 닦기 시작한다)

지수   쳇~ 수고 많이 해라~ (손 들고 인사하고 문밖으로 나간다. 그때 밖에서 와장창 깨지는 큰 소리가 들리고 남자 비명소리도 들린다)

지수   아이고 시방 일동형님 와 이카십니까? (일동을 부축해서 데리고 들어온다)

일동   (한쪽 발을 절뚝거리면서 택배 박스 하나 들고 들어온다)

도연   어머나 사장오라버니! 먼 박스를 들고 절뚝거리면서 들고 옵니까?

일동   쓰레기 정리하다가 그만 미끄러져서… 아이고… 궁 디야.

도연   전직 배구선수 출신이 그래 쉽게 자빠지면 우짭니까?

일동   그라이 내가 50 넘어서고부터 몸이 내 몸이 아닌 것 같다니깐….

지수   아무튼 형님 얼굴 잠깐 보러왔는데… 긍데 많이 다친

거 아니지요? 저는 진짜 일하러 나가봅니데이. 수고하이소.

일동 야 지수 이놈아~ 너는 우애 지금 멀쩡한 거냐? 앞으로 니는 정신 차리는 거나 생각해라이~~ 그래 보릿고개 동생놈아 수고하고~~

도연 (비꼬는 말투) 보리형님~ 잘 가이소~

일동 아이고, 다리 힘도 없고 긍데 진짜 저놈 보니깐 왠지 배가 더 고파지노. 난 해장이나 좀 해야겠다.

도연 난 밥 굶고 춤추러 갑니다.

일동 그래 굶고 춤추는데 살 안 빠지는 거 보니 신기하네.

도연 (전화벨 울린다) 어~~ 인평옵. 지금 내 연습실 갑니다. 혼자 몸이나 좀 풀고 계세요.

무대배경이 노래춤 연습교실로 바뀌는 장면으로. 조명이 꺼지고 트로트 음악 흘러나오면서 인평가수가 무대 앞조명에서 노래 한 곡 하는 동안 뒤쪽 무대에 조명은 꺼지고 연습실 배경무대로 1분 이내 설정된다.

3막

노래춤 연습교실

인평 (손에 악보책 들고 손으로 지휘하면서 즐겁게 노래지도하면서 노래한다) 자 여러분 다음 소절 들어갑니다ㅎㅎ
기쁜 일도 한순간, 슬픈 일도 한순간, 한순간에 훅 지나간다. 자~ 다 같이 따라서 해봅시다~

관객과 다같이 기쁜 일도 한순간, 슬픈 일도 한순간, 한순간에 훅 지나간다.

인평 넘어졌다 일어나고 울다가 웃는 것이 인생이지.

관객과 다같이 넘어졌다 일어나고 울다가 웃는 것이 인생이지.

인평 인생 뭐 별거 있나 폼나게 살아가면 되는 거지.

관객과 다같이 인생 뭐 별거 있나 폼나게 살아가면 되는 거지.

인평 뛰어라 뛰어라 꿈을 안고 뛰어라 뛰어라.

이때 도연 무대 옆에서 뛰면서 허겁지겁 등장해서 손 흔들면서 같이 호응한다.

관객과 인평+도연같이 뛰어라 뛰어라 꿈을 안고 뛰어라 뛰어라.

인평 내일은 해가 뜬다 가슴을 활짝 열고 뛰어라 멋진 인생을 위하여.

관객과 인평+도연같이 내일은 해가 뜬다 가슴을 활짝 열고 뛰어라 멋진 인생을 위하여.

인평 와우~ 여러분 오늘도 너무 잘하셨어요… 하하 (관객을 보면서) 긍데, 오늘 제 눈이 왜 이렇게 빨간지 아시는 분?

인평 오늘 여러분 이렇게 노래 가르쳐드리려고 설레는 마음으로 새벽까지 잠을 한숨도 못자서 눈이 빨개졌답니다… 하하하… 앗… 근데 갑자기 추워지네요. 그럼 시원한 유머 퀴즈 하나 드리고 오늘 노래수업 마치겠습니당. 얼음이 죽은 걸 영어로 하면 뭘까요? 다이빙 ~~~ 크크크….

인평 자 오늘도 여러분 노래 배우고 즐거운 시간 되셨는지요? 다음 시간에도 잼나게 노래교실에서 만나요~~ 빠이빠이~~ (악보정리 후, 물 한 잔 마신다)

도연 (무대 중앙으로 걸어 들어오면서) 수업 다 끝났어요? 오늘도 피곤한데 수고 많았지요?

인평 맨날 하는 일인데 뭐. 입으로 목소리로 먹고 사는 일 힘들다 힘들어.

도연 긍데, 아까 인평오빠 눈알이 왜 빨간지 그거 말할 때 속으로 얼마나 웃었는지 모르죠? 크크크.

인평　왜 아까 회원들한테 했던 말 진짜인데? 잠을 한숨도 못잔 건 맞잖아….

도연　하하하… 술 퍼마시고 새벽에 들어가서 잠 못 잤다고 말하긴 그렇지만. 암튼, 오빠의 입담실력은 노래만큼 대단하다니깐요… 자 그럼 입으로 하는 일 그만큼 했으니 입운동은 쉬고 춤운동 시작해봅시다.

인평　(자리에서 일어나면서 기지개 한번 펴면서) 그때 어디까지 연습했지? 이거 춤 어렵고 기억도 하나도 안나는데.

도연　연습 많이 해야 된다니까요.

인평　그래 한번 음악 맞춰보자~ 내 노래지만 춤 연습할 때는 립싱크하면서 해보고 나중에는 진짜 노래하면서도 잘 출 수 있어야 되는데 큰일이네.

도연　그니깐 진짜로 연습 많이 해야 된다니까요~ 진짜 무대에서 노래하면서 춤춰야 되니깐.

인평　그래 알겠다…. (음악 플레이)

인평·도연　(같이 음악에 맞춰서 춤동작을 시작해본다. 도연이 약간 앞에 서서 하는 동작을 인평은 약간 뒤에서 한 박자씩 늦게 억지로 따라한다)

도연　(두 소절 정도 하다가 인평을 보면서) 아이고… 아이고… (음악부터 끈다) 이래갖고 진짜 무대에서 제대로 되겠나 모르겠네요… 도대체 연습은 한 거야?

인평　야야, 혼자 연습해도 겨우 되던데 같이 하니깐 더 헷갈

리네….

도연 안 되겠다 그냥 내가 짜준 동영상 일단 쭉 혼자 다 연
습해서 마스터해오이소~ 안 그러면, 내가 일일이 동
작을 다 갈켜주고 외울 때까지 연습시켜야 되잖아.

인평 야야 그래 니가 갈켜주고 연습시키려고 내 도와주는
거 아님? 이걸 혼자 우에 다 외우고 연습한단 말이고?

도연 아이고 내가 무슨 댄스학원 강사도 아니고~~ 난 오빠
노래에 안무 짜주는 안무가라고요~~~ 멋있는 춤예술
안무가~~

인평 헐, 내가 춤 제대로 배웠거나 해본 사람도 아닌데 동영
상만 던져주면 어떡한단 말이고? 도연아~ 내가 난중
에 맛난 거 사줄 테니 이 오빠한테 좀 하나씩 친절하
게 갈켜주면 안 될까나요? (애교 섞인 목소리와 표정으로)

도연 역시나~~ 끝말에 요~자 쓰시면서 애교부리시고 그
애교는 오빠 여친한테나 하시지? 참말로 징그럽구마
이…참, 글고 그 인평오빠가 자주 쓰는 요~자 때문에
예전에 술 먹을 때 끝말 요~자 쓰면 벌칙게임 했을 때
오빠가 계속 틀린 거 기억나네… 하하하하.

인평 그니깐, 야 내가 직업이 사람들 앞에 서는 거다 보니
요~자가 입에 붙어서 안 쓰는 게 더 이상하다요~~~
하하하.

도연 암튼 오늘 연습은 한참 걸릴 것 같으니 앉아서 차나

한잔 마십시다요~~~ (가방에서 사온 커피를 꺼내서 테이블에 앉는다)

인평　(테이블에 앉으면서) 그러자~~ 피곤한데 도연이가 사온 커피나 한잔 마시자꾸나요~~

도연　(커피 한 캔을 따서 마시고) 이놈의 커피를 줄여야 되는데 하루에 대체 몇 잔씩 마시는 건지… 이렇게 마시니 밤에 잠도 안 오고 커피는 마셔야겠고… 고민되지만 또 마시고….

인평　야! 밤에 잠 안 오는 건 갱년기 때문이라 안캤나? 긍데, 나도 요즘 갱년기인 것 같아… 남자들도 갱년이 온다 하든데… 내가 요즘 그런 것 같아.

도연　오빠 요즘 부쩍 외로움 타시는 것 같던데… 그게 갱년기인가??

인평　하하하 외로움이야 평생 타는 거잖아… 난 55년째 외로움 타는 것 같은데….

도연　헐, (기가 막힌 표정으로) 뭐 태어날 때부터 외로움 타시고 평생 모태솔로인 것처럼 말하시노?

인평　맞다… 나 평생 내 마음 알아주는 이 없이 외롭게 살았단 말이야….

도연　와… 갈수록 가관이신 것 같네… (어이없는 표정으로) 우찌 남들은 한번도 못하는 결혼 2번이나 했다믄서 평생 외롭게 살았다 카능교?….

인평 야! 뭣이? (깜짝 놀라면서) 야 니가 그걸 어떻게 아노? 내가 애 다 키운 돌싱인 건 맞지만 누가 2번 결혼했다 카든데? 와… 갑자기 억울해지는데….

도연 (손으로 입을 가리며 움찔하면서) 앗… 내가 어디서 슬쩍 들은 거 그냥 말했는데~ 오빠가 놀라는 거 보니깐 내가 괜히 안 해도 되는 말해서 실수한 건가? 암튼, 오빠 오래된 친한 지인들도 다 아는 걸로 아는데….

인평 야 그래 내 지인이든 가족이든 누가 알던가 떠나서~ 그걸 들었다고 또 내한테 그렇게 대놓고 아는 척하는 도연이 너는 뭐냐? 진짜 2번 갔다온 건지 아닌지 궁금해서 던지는 말 아니야?

도연 앗… 아니… (머리 긁적이면서) … 내가 궁금해서 막말 던지고 하는 스타일 아닌 거 알잖아요? 우리가 춤도 같이 추고 친해지다 보니깐 편해서 이런 말 하는 건데… 그렇고, 오빠가 평생 외로운 모태솔로라는 농담하길래 나도 농담으로 던진 건데… 왜 그렇게 놀라시노?

인평 야야야~~ 아… 그래… 뭐 말 나온 김에 나중에 술 한 잔 할 때 편하게 말하던지 하자꾸나. 그런데, 나 2번 결혼한 건 맞지만 혼인신고는 1번만 했다고… 그니깐 난 1번만 갔다 온 거지.

도연 뭐 요즘 세상에 3번 갔다 온 사람도 많다는데… 2번 간 게 뭐 대수라고 사람들이 그냥 부러워서 하는 남

말 쉽게 한 거라고 생각하세요. (혼잣말로) 두 번째 결혼
한 여자하고도 수년간 오래 살았다 카던데….

인평 뭐? 뭘 오래 살아? 그냥 좀 살다가 헤어진 거 갖고….

도연 아, 아, 알쓰요… 좀 살다 헤어져서 언제부턴가 무지
외로븐 인평오라버니~ (크크크)

인평 야야, 그 얘기는 이제 고만 좀 하고 이제 쉬었으니깐
다시 연습 좀 해야지?

도연 (스피커를 찾아서 음악플레이를 켜려고 하는데, 이때 밖에서 누
군가 노크를 한다) 앗! 누구세요? 여기 노래수업은 다 끝
났는데요.

일동 (문 밖에서) 그러신가요? 저희는 노래수업 아니고 댄스
수업 들으러 왔는데요.

도연 (놀라는 표정으로) 네? 뉘신데 댄스수업을 들으신다는 거
지? (문을 열어준다)

일동과 여사장이 같이 손을 잡고 문을 열고 들어온다.

도연과 인평 (깜짝 놀라면서) 어마나~ 둘이 갑자기? 손손, 손을 잡고?
우와아~~~

여사장 안녕하세요~ 어제 다들 잘 들어가셨나 보네요?

일동 도연아 안 그래도 아까 니가 어제 노래방에서 있었던
일 듣고 내가 신경도 쓰이고 마음도 그래서 여사장님

한테 전화했다 아니가… 하하하. 그래서, 속상하시다
길래 한참 통화하다가 커피 마시면서 얼굴 보자고 해
서 만났다가~ 이런 저런 얘기하고 오해 풀어드리고,
춤 얘기까지 하다가 커플댄스 배워보고 싶다 해서 니
가 아까 여기 노래교실 간다길래 내가 여기 모셔왔다
아니가… 하하하.

여사장 네~ 안 그래도 어제 도연씨 제일 고생 하셨지요?

도연 아뇨~ 뭘요… 항상 자주 있는 일인데요 뭐…. (속으로
웃으며)

여사장 그리고 오늘 일동씨 덕분에 어제 안 좋았던 기분도 다
풀리고 해서 이렇게 라틴댄스인가? 그거 한번 배워보
고 싶어서 일동씨 따라 왔답니다….

일동 그래~ 도연아 니가 천날만날 외치던 라틴커플댄스인
가 그거 한번 갈켜줘봐라~ 그거 커플댄스라 캐가 내
가 여사장님 파트너로 딱 데리고 왔다아이가…. (윙크하
면서 씩 웃는다)

도연 아이고~ 언제는 나이트 막춤이 최고라 카시드만?
앗…. (이때 인평이 옆으로 와서 도연 옆구리를 찌르면서 눈치
준다)

인평 (박수치면서) 하하하 이제 두 분 이렇게 춤 파트너? (눈꼬
리 치면서 웃으며)도 생기셨으니깐 라틴커플댄스 배우시
는 건 너무나 바람직한 거지요… 오호호호.

일동 그래 인평아 내 이제야 50중반에 참으로 바람직한 댄스세계에 입문한 것 같다 아니가… 하하하.

여사장 아무튼, 도연씨 잘 부탁드려요… 그리고 인평씨도 잘 부탁… 아, 인평씨도 춤 같이 추면 우리보다 훨씬 잘하실 것 같은데요?

도연 네네. 일동오빠, 여사장언니, 그리고 인평오빠까지 우리 다같이 라틴댄스 한번 시작해볼까요? 안 그래도, 커플댄스니깐, 내하고 인평오빠하고 파트너 하면 딱 되겠다.

인평 오호 맞네. 우찌 짝도 딱맞네… 하하하. 그런데, 우리 춤추는 거 보고 사람들이 라틴막춤이라 카는 건 아니겠지? 크크크.

일동 오호 막춤 더 좋지 뭐…. (혼자 양손을 흔들면서 벌써 신이 나있음)

도연 네~~ 막춤이면 뭐 어때요? 우리가 즐겁고 좋아서 추면 되는 거지요? 이렇게 우리 넷이서 춤추다 보면 더 친해지고 잼있을 것 같네요….

인평 자 다들 그럼 우리 라틴댄스 한번 시작해볼까? 도연아 음악 그거 한번 틀어보자.

도연 아~ 인평오빠 노래 그 곡에 맞춰서 우리 기본 동작 배워볼까요? (음악 플레이 버튼 누르자 인평 노래가 나온다) 자 자 커플 댄스니깐 2명씩 서로 마주보고 기본 스텝 밟

아봅시다….

일동　(덥석 여사장님 손을 잡고 춤추려고 한다) 도연아~ 이렇게 하는 거 맞제?

도연　앗~ 일동오라버니~ 벌써부터 손잡고 추는 거 아니에요! 기본동작도 안 되는데 손부터 잡노… (웃으면서) 뭐든 차근차근 천천히 가는 게 좋습니다… 하하하.

인평　고래? 그럼 우리도 손은 나중에 잡는 거야? 뭐 기본 동작을 어떻게 하는 건데?

도연　자자, 2명씩 서로 파트너 마주보고, 내가 가르쳐주는 기본동작만 연습하는 겁니다. 남자는 왼발부터 1,2,3,4… 여자는 오른발부터 1,2,3,4.

모두들 천천히 어설프게 기본동작을 하기 시작한다.

여사장　(도연이 하는 동작을 뚫어져라 쳐다보면서 천천히 발스텝을 시작한다) 이렇게 하는 것 맞나요? 쉬운 것 같기도 하고 어렵네요….

일동　여사장님, 저 쳐다보면서 하셔야지예? 하하하.

도연　네네~ 제 발동작 따라하시면서 파트너도 쳐다보시고 바쁘시지예? 잘 따라하시는 것 같네요….

인평　하하하… 그래도 내가 음악을 해서인가 이거 너무 쉬운데… 도연아….

도연   역시 인평오빠는 리듬감각이 있어서 금방 따라하시
네요. 자자, 다들 기본동작 10분만 더 해봅시다요. 파
이팅~

음악 볼륨 조금 더 높아지면서~ 2명씩 마주보며 춤추다가 2
명씩 자연스럽게 손잡고 춤추면서 즐거운 모습으로 30분 정
도 춤추는 모습으로 무대가 끝이 난다.

내 이야기

장성민
멘토 김성희

등장인물

(로맨스 판타지 소설 속 세상)

샐라티아 _21세 여. 지현의 작품 속 등장인물. 에휘른 제
국의 공작 영애. 마음대로 되지 않는 삶에 불만을 갖고 있
다가 사형 당하게 될 미래를 알게 되고 운명을 바꾸고자
한다.

에리나(멀티) _20세 여. 지현의 작품 속 등장인물. 에휘른
제국의 백성. 샐라티아와 대척되는 인물.

루시온(멀티) _23세 남. 지현의 작품 속 등장인물. 에휘른
제국의 황자. 샐라티아가 사랑하는 남자 주인공.

주술사(멀티) _지현도 존재를 몰랐던 지현의 작품 속 인물.

군중(목소리 출연)

시녀(목소리 출연)

(현실 세상)

지현 _29세 여. 웹소설 작가. 졸업 후 친구들의 지지를 받
으며 웹소설을 쓰고 있지만 인기가 없다.

미영, 혜진(목소리 출연) _지현의 대학교 문예창작과 동기.

송희(쏭) _지현의 고등학교 친구.

경찰관(목소리 출연)

시간

2024년 여름~겨울 끝자락

장소

(로맨스 판타지 소설 속 세상) 성 내부 복도, 주술사의 은
신처, 숲

(현실 세상) 지현의 작업실, 백화점

제1장

♪

뺨을 때리는 소리

에리나 꺅!

루시온 (화를 내며) 샐라티아 이데르크, 신성한 신전에서 무례하게 이게 무슨 짓이야! (걱정스레) 에리나 괜찮아?

에리나 루시온님….

웅성웅성거리는 소리

♪

조명이 들어오고 무대 앞으로 판타지풍 드레스를 입은 샐라티아가 흥분해서 나온다.

샐라티아 젠장, 또야. 에리나 로바티아 따위를 의식하지 말고 나답게 행동하려고 했는데… 에리나랑 있기만 하면 말과 행동이 제멋대로 나가. 이대로면 루시온의 마음은 점점 멀어지기만 할 텐데 왜 자꾸만 이러는… (조명이 흔들리며 어두워지고 머리가 지끈거려 비틀거린다) 뭐지…?

샐라티아는 어딘가 기대려고 다가가면서 쓰러질 듯 비틀거린다. 조명이 혼란스럽고 불안하게 움직인다.

♬

군중들의 야유 소리.

군 중   질투에 눈먼 희대의 악녀다!

군 중   이 마녀!

군 중   어서 죽어!

루시온   죄인 샐라티아 이데르크. 너를 에리나 로바티아 영애 살해 시도 외 3건의 죄로 참수형에 처한다.

군 중   죽어라!

군중들의 환호성과 함께 단두대의 칼날 떨어지는 소리.

♬

쇠붙이 떨어지는 소리와 함께 조명이 샐라티아에게 집중되고 샐라티아가 쓰러진다.

암전.

♬

시 녀   (눈을 뜬 샐라티아를 보고 안심하며) 샐라티아님! 나흘간 고

열에 시달리시다가 겨우 회복되셨어요. 의원님께서도 몸이 회복될 때까지 한동안 휴식을…, ♬다급하게 멀어지는 발걸음 소리♬ (어딘가로 떠나는 샐라티아를 보며 놀라서) 샐라티아님!

♬

잠시 후 ♬신비롭고 은밀한 분위기의 음향♬ 무대의 오른편 앞쪽에 스포트라이트가 비추며 테이블과 의자가 드러난다. 망토를 두른 샐라티아와 신비로운 문양으로 장식되고, 얼굴을 볼 수 없는 옷차림의 주술사가 앉아있다.

샐라티아 (손톱을 물어뜯으며 초조하게) 시간은 충분했겠지. 미래를 바꿀 수 있는 방법은 찾아냈나?

주술사 네, 샐라티아님. 제가 찾아본 결과, 에휘른 제국의 공녀이신 당신이라 할지라도 한낱 인간의 힘으로는 불가능합니다.

샐라티아 (인상을 찌푸리며 신경질적으로) 제국 제일의 주술사라는 소문은 거짓이었나 보군. 실력이 들통나지 않으려고 도망친 겁쟁이일 뿐이었어. (한숨을 쉬며) 괜히 시간만 낭비했군. (떠나려 한다)

주술사 (시선을 이동하지 않고) 신의 권능에 도전해야 하죠. (긴장하며 바라보는 샐라티아에게 작은 조각품을 건네며) 보름달이 뜨는 날, 아무도 없는 곳에서 그 석상에 달빛을 가득 담은 후 당신의 피를 한 방울 떨어트리십시오.

샐라티아는 자리에 앉아 석상을 살핀다.

주술사   그러면 신의 영역으로 갈 수 있는 문이 열릴 것입니다. 그곳에서 신비로운 빛이 나는 서적을 찾으십시오. (쪽지를 건네며) 생긴 것은 다르지만 언어 체계는 비슷하니 총명한 당신이라면 쉽게 익히시겠죠. 무수한 이야기 중에 당신의 운명이 기록된 문서가 있을 것입니다. 서적에 붙은 석판을 눌러 당신의 운명을 수정하세요. 그러면 당신이 원하던 바를 이룰 수 있을 것입니다.

샐라티아   (표정을 살피며) 나를 속이는 것은 아니겠지?

주술사   (당당히 마주보며) 저는 거짓말을 할 수 없습니다. 정당한 대가를 지불하신 이상 계약을 무를 수도 없죠. 다만, 신의 권능에 도전한 대가로 당신이 소멸하게 될 수도 있으니, 조심하시길 바랍니다.

샐라티아   (자리를 떠나며) 흥, 어차피 죽을 운명, 소멸 따위가 겁날까.

주술사   (떠나가는 샐라티아의 뒷모습을 보다가 관객석을 바라보며) 당신이 현명하다면 당신의 운명에서 벗어날 수 있을 것입니다.

천천히 암전되고 잠시 후 밤의 숲 소리(부엉이 우는 소리와 바람 소리 같은 걸 생각하고 있음)가 들리며 무대 왼편 앞쪽이 밝아진다. 푸른 조명 아래로 밝은 달빛이 느껴진다. 거대한 바위가 놓여 있고 왼편에서 샐라티아가 주변을 살피며 호롱을 들고 조심스레 등장한다.

샐라티아　이곳이라면 아무도 없겠지.

샐라티아가 호롱을 내려놓고는 조심스레 주머니에서 조각품을 꺼낸다. 조각품은 보자기에 쌓여 있고 조심스레 풀어서는 바위 위에 깐다. 그 위에 조각품을 얹는다. 샐라티아는 하늘을 살펴보고 잠시 후 조명이 조각품을 비춘다. 은은하게 빛나는 조각품을 보며 다시 작은 호신용 칼을 꺼낸다. 조각품 위에 손을 대고는 칼로 찌른다. (피가 떨어지고) 조각품이 빛나더니 반대편에 차원의 문(샤막과 조명 이용)이 생긴다. 샐라티아는 호롱을 다시 챙기고 긴장한 상태로 조심스레 들어간다. 문으로 다가가면 숲의 조명은 서서히 꺼지고 샐라티아는 어둠 속에서 호롱불에만 의존한다.

샐라티아　칠흑 같은 어둠이군. (뒤돌아서 차원의 문을 보다가 깜짝 놀라며) 문이?! (다급하게 벽을 두드리자 손이 통과한다. 조심스레 손을 빼고는 벽을 살며시 만지며) 마치 아무것도 없는 것 같군.

샐라티아가 호롱불에 의존하여 이동한다.

샐라티아 여기가 신의 공간인가? (주위를 둘러본다) 생각보다 단출하군. 르메니아 신전과는 전혀 다른 느낌이야.

샐라티아는 주위를 둘러보다가 책상을 발견하고, 책상에 호롱을 얹어두자 책상 주위가 밝아진다. 책상에는 책과 수첩이 몇 개 널브러져 있고 노트북이 놓여있다. 책상 뒤로는 창문이 있고 그 오른편에는 문, 그 옆에는 스위치가 있다. 샐라티아는 책상에 놓인 책들을 펼쳤다가 덮는다.

샐라티아 이건 좀 특이하게 생겼는데, (노트북을 가로로 펼치며) 이게 그 주술사가 말한 서적인가? (조금 살펴보다가 실망하여 내려놓고 다른 곳을 살피며) 분명 빛이 난다고 했는데….

창밖으로 소음이 들리자 샐라티아가 깜짝 놀라 경계한다.

샐라티아 (여전히 긴장한 상태로) 밖에서 나는 건가…?

천천히 창문으로 다가가 블라인드 틈새로 밖을 들여다 본다.

샐라티아 (안도하며) 휴… 이곳에 분명 서적이 있을 텐데… 어딘
가 비밀 장치가 있나?

벽에 귀를 대며 두드려 본다. 그러다가 문 옆에 있는 스위치
를 발견하고 누른다. 방 안에 빛이 들어온다. 샐라티아는 허
겁지겁 다시 스위치를 누르고는 창밖을 살펴본다.

샐라티아 다행히 경비병에게 들키진 않은 거 같군.

샐라티아는 다른 곳을 둘러보려다가 문득 생각났다는 듯이
문 옆의 스위치를 봤다가 다시 노트북으로 다가간다.

샐라티아 그래, 방에 빛이 생긴 것처럼 이것도 뭔가를 눌러야 작
동하는 건지도 몰라. (이것저것 자판을 두드려 보다가) 됐
다! 빛이 나기 시작했어! 조금이지만 이곳의 방식을
알 것 같아! (희망을 느끼며) 한낱 인간에게도 희망이 있
는 건가…?

노트북 화면이 켜지자 샐라티아는 화면을 한참 바라본다.

샐라티아 (심각하게) 내 이야기가 적힌 문서를 찾아야 하는데… 일단 순서대로 살펴볼까. (화면에 손가락을 갖다대고 툭툭 두드리다가 안 되어서 독수리 타법으로) 'ㅎ…'

키보드를 누르자 이상한 소리(윈도우 경고음)가 나고 샐라티아는 흠칫 놀라 일어서며 주변을 살펴본다. 주변의 소리에 귀를 기울이지만 아무런 소리도 나지 않는다. 앉아서 다시 뭔가를 누르고, 같은 소리가 나자 흠칫 놀란다.

샐라티아 뭔가 새로운 방식이 필요한가? (고민하다가) 아, 음성으로 하는 건지도 몰라. '휴지통'. (가만히 기다렸다가 아무런 반응이 없다는 것을 확인하고) 또 오래 걸리겠군.

(째깍째깍 시간 흐르는 소리) 이것저것 누르다가 마우스를 치게 되고 마우스를 살펴보고는 이용하기 시작한다.

샐라티아 (노트북 화면 속 폴더들을 살펴보며) 음…. '에…후… ㅣ … 르…ㄴ…으… ㅣ …꽃…'? 에휘른 제국에 피는 꽃들을 도감으로 정리해둔 건가…? (더블클릭) '인…물…설… 정'? (더블클릭) 주변 사람들의 이름이 모여있어! (폴더의 파일명을 적극적으로 살펴본다) 에리나 같은 평민의 이름도 있으면서 어째서 타르티엔 공작의 이름은 없는 거지…? (고민하며) 제국의 인물을 모두 모아두었다기엔 그 수가 너무 적어. 신의 계획에 필요한 사람들만 따로 분류해 놓은 건가…? (사이) '샐라…티아', 내 이야기다! (더블클릭하고 문서를 살펴본다) 이름, 나이… 기본적인 인적사항부터 어릴 적에 있었던 소소한 일들도 있군. 최근의 일일수록 더 자세해. 뭔가 법칙이 있다고 봐야겠군. 황자와의 일인가…? (고민하다가 놀라며) 아니, 이건 루시온 황자보다는… 에리나와의 일이 더 많은 거 같아. (사이) 내 사망 원인과 관련 있어서 그런 건가…? (냉소하며) 사랑하는 사람의 명령으로 사형을 당한다니…, 고상한 취미군.

샐라티아가 자신의 이야기를 수정하고 작업실이 조금씩 밝아진다. 샐라티아가 처음과 같이 자리를 정리하고 호롱을 챙긴다. 문득 뒤를 돌아 창문으로 다가가 창밖을 살펴본다.

샐라티아 시간이 많이 흘렀군. (차원의 문을 잠시 흘겨보며) 체감은 6~7시간 정도인데 돌아가면 얼마나 지났을지….

샐라티아가 차원의 문 근처로 다가가자 바위 구역에도 조명이 들어온다.

샐라티아 (차원의 문 앞에서 조소하며) 차라리 6~7년 정도 지난 것
도 괜찮겠군.

샐라티아가 문을 지나면 작업실은 다시 암전된다. 샐라티아
는 주변을 살펴본다.

샐라티아 (놀라며) 달의 위치가 그대로야. (사이) 바람도.

바위 위에 놓인 조각품을 내려다본다.

샐라티아 피는 그새 사라졌군.

조심스레 보자기에 싸고는 처음에 가져왔던 주머니에 넣는
다. 주변을 살피고는 왼쪽으로 퇴장한다. 암전.

♪

샐라티아 어떻게 된 거지? 너의 말대로 했음에도 전혀 변화가
없잖아. 거짓은 없다고 하지 않았나?

주술사 (고민을 하다가) 샐라티아님께서 다른 문서를 건드리신
것 같습니다. 조금 위험한 방법이지만 어떤 문서인지
알려면 숨어서 기다리는 수밖에 없을 것 같습니다.

샐라티아 (혼잣말로) 제길. 이렇게 또 한 달을 허투루 날리다니…

앞으로 7번…, (비장하게) 아니 5번 안에 어떻게든 해내
야 돼.
♫

작업실에 조명이 들어온다. 반팔 티셔츠에 바지를 입고 있는
지현이 이어폰을 낀 채 흥에 겨워 노래를 부르며 작업실로
들어와서는 가방을 내려놓고 노트북을 켠다. 기타 치는 흉내
를 내며 방안을 휘젓는다. 노래가 끝났는지 휴대폰을 꺼내 앱
을 끄고 이어폰을 빼서 정리한다. 노래를 흥얼거리면서 가방
에서 수첩을 꺼내고는 들여다본다.

지현   자, 오늘 해야 할 분량이… 루시온이 에리나를 정식 파
트너로 연회에 데려오고 샐라티아가 업신여기는 것까
지 했으니까, 이번에는 에리나가 맞받아치는 거랑…
(페이지를 넘기며) 테라스에서 루시온이랑 보름달을 보며
이야기 나누다가 고백 받는 장면이구나.

노트북을 당기고 마우스랑 키보드를 조작한다.

지현   음… 에리나는 샐라티아의 눈을 보고…, (카톡 소리가 연
달아 들리고 벨소리가 울려 전화를 받는다) 어, 미영쓰! 벨기
에는 재밌어? 사진? 잠깐만… (폰을 조작해 카톡으로 받은

사진들을 본다) 이야~ 나 빼고 가니까 재밌나 보다? (웃으며) 악, 농담이야. 연재해야 하는데 어떻게 가. (사이) 디지털 노마드는 무슨. 노트북 앞에서 벗어날 수가 없다. 지금 가봤자 호텔에만 있어야 할걸? (사이) 크크크큭 맞아. 마감이 왜 이렇게 빨리 다가오는지… (우는 소리하며) 웹소설은 연재 텀이 너무 짧아~. 시대를 잘못 타고 났어. 단행본 시대였으면 이렇게 시간에 쫓기지 않았을 텐데. (사이) (웃으며) 몇 달만 있어봐, 아주. 연재 끝내면 한 달 내내 여행하면서 놀려줄 테니까. (놀리듯) 남들 다~ 가는 성수기 말고 비수기에 가서 여유~롭게 즐기다 올 거야. (사이) 너 사무실에 있을 때마다 사진 한 장씩 보내줄 테니 기대해. (사이) 어? 그래, 그래, 재밌게 놀아~.

지현은 통화를 종료하고 폰을 살펴본다.

지현 아~ 좋겠다… 나도 가고 싶다, 벨기에… 축제도 가고 싶고… 와플도 먹고 싶고 홍합찜도 먹고 싶고… (사이) 저녁에 홍합찜 먹을까…? 근처에 파는 곳이 있나? (노트북으로 검색한다) 아…, 너무 비싼데… 모아놓은 돈도 얼마 안 남았는데 이건 너무 에반가… 아, 사악하다, 사악해…. (마우스로 창들을 닫으며) 나도 취업이나 할 걸.

괜~히 웹소설 한다고 뛰어들어서… 그때만 해도 지금처럼 포화상태는 아니었는데… (사이) 어휴, 생각하면 뭐해. 지금 와서 어쩔 거야. 이거라도 잘 해야지. (노트북의 글을 읽고 노래 부르듯) 어디까지~ 했더라~

지현이 키보드를 두드리고 조명이 조금씩 주황빛으로 변해간다. 왼편 숲에도 서서히 조명이 들어오고 맑은 밤하늘 아래 샐라티아가 허겁지겁 뛰어들어와 숨을 고른다.

샐라티아 헉. 헉. 쓸데없는 곳에서 시간을 너무 오래 보냈어.

호롱은 바위 옆에 놓아두고서는 조각품을 꺼내고 피를 한 방울 떨어트린다. 차원의 문이 생기자 문으로 살며시 다가간다.

샐라티아 이번에는 저번처럼 허탕치지 않아야 할 텐데….

샤막 사이로 고개를 살짝 내민다.

샐라티아 (방백) 있다…! 이번에는 시간대가 맞는 거 같아! (탄식하며) 젠장. 이미 쓰고 있는 건가? (품 안에서 망원경을 꺼낸다. 망원경 끝만 문 너머로 보내고 배율을 조절하면서 지현이 쓰는 것을 살피며 초조하게) 저번처럼 또 헤매면 안 되는데… (간절하게) 조금만 이쪽으로 기울여라….

잠시 후 지현이 기지개를 켜더니 방 밖으로 나간다. 화장실 문을 닫는 소리가 들린다. 샐라티아는 조심스레 방으로 들어와 노트북 화면을 살펴본다.

샐라티아 '루시온이 에리나와' (충격 받으며) '입을'…. 누구는 죽을까 말까 하는 상황에…! ♬단두대의 칼날 떨어지는 소리♬ (흠칫 놀라 목을 만지며) 후… 샐라티아 이데르크, 우선순위를 망각해선 안 돼. (마음을 굳히며) 감정에 그쳐 이것마저 실패할 수는 없어. (마우스를 움직이며 화면을 아래위로 살핀다) 똑바로 기억해야 해. 이번이 마지막 기회가 될지도 몰라.

밖에서 문이 열리는 소리가 들리고 샐라티아는 마우스를 원래 화면으로 바꿔놓고 숲으로 다시 넘어간다. 지현은 자리에 앉아 화면을 바라본다.

지현 어? 내가 왜 여기로 해놨지? 마우스를 잘못 건드렸나?

스크롤을 좀 더 내리고는 다시 키보드를 친다. 샐라티아는 그런 그의 모습을 여전히 숨어서 지켜본다. ♬긴박감 있는 음악

♬이 나오고 조명이 천천히 암전된다.

제2장

왼쪽 뒤편의 무대가 밝아진다. 궁전 복도를 배경으로 샐라티
아와 에리나가 마주보고 서 있다. 에리나는 관객석에 뒷모습
으로만 보인다.

샐라티아 (절박하게) 에리나, 이제 그만해. 더 이상 죄를 지어서는
　　　　 안 돼. 내가 도와줄게.

에리나 (절규하듯) 이제 무슨 수로! 여기서 포기할 수 없어. 겨
　　　 우, 겨우 여기까지 올라왔는데…! 내가 여기까지 오기
　　　 위해 얼마나 많은 것들을 버렸는데!!

샐라티아 하지만 이제 끝내야 돼.

에리나 흐흑…. (주저앉는다)

샐라티아는 에리나에게 다가가 걱정스러운 표정으로 에리나
를 안아준다. 잠시 후 음산하고 비장한 음악이 나온다.

♬

(샐라티아) 한낱 소설. 내 세계는 신들의 유흥거리에 불

과했다.

♬

조명의 조도가 낮아지자 샐라티아는 승리에 찬 미소를 지으며 에리나를 팽개치고 일어난다.

♬

샐라티아 그걸 안 덕분에 내 처지가 이해되었다. 내 운명을 바꾸고자 에리나의 역할을 뺏었다. (에리나를 돌아보며) 에리나를 음모를 꾀한 악당으로 만들고 내 시점의 이야기로 새롭게 작성했다. 주인공. (사이) 그게 지금의 나다.
♬

샐라티아 이제 다시는 예전처럼 만들지 못하겠지. 아하하하하!

조명이 천둥치듯 번쩍이다가 암전.

작업실에 조명이 밝아지고 지현이 휴대폰으로 통화를 하며 작업실로 들어온다. 전화를 유지한 채 크로스백을 내려놓고 노트북을 켠다.

지 현 (흥분해서) 어휴, 그렇다니까. 집에서 댓글창 보다가 깜짝 놀랐어. 또 들어올까봐 너네 집 도어락 비밀번호도 바꿨다니까. (사이) 응, 네가 작업실로 빌려준 건데, 이런 일이 생겨서 너무 미안하다, 진짜. (사이) (감동했단 듯이) 쏭~~ (사이) 사생팬의 짓인지 노트북 말고는 안 건드린 것 같아. 와서 둘러보는데 변한 게 하나도 없어서 더 소름끼친 거 있지. (사이) 혹시 해킹 프로그램 같은 거라도 깔았을까봐 업체에 맡겨서 포맷도 했다니까. 아, 웬 미친놈 때문에 애꿎은 돈만 날리고… (사이) 사실, 묘한 기시감을 느꼈던 적이 있었거든. 지금 생각하면 그때도 몰래 들어왔던 거 같아. 작업실 노트북은 자동 로그인해둔 채로 썼으니까 이걸로 했겠지. (사이) 응. 퇴근한 후에 일어난 일이라서 난 괜찮아. (손가락을 하나씩 접으며) 자동 로그인도 해제하고 계정 비밀번호도 바꾸고, 노트북에 비밀번호도 걸어놨어. (사이) 경찰이 CCTV를 살펴봐도 수상한 점은 없었대. (사이) 지문 채취는 했고, 결과 나오면 연락 주기로 했어. (사이) 응, 뭔가 더 알아내면 다시 얘기해줄게. 바이~

휴대폰을 끊고 노트북으로 댓글을 다시 살펴본다.

지현 하… 착~잡하다~, 착잡해~. (불평스레) 어떻게 사생팬이 쓴 글을 더 좋아하지…? (비꼬며) 시점 바뀌었다고 귀신같이 문체가 바뀐 게 아니라 딴 사람이 귀신처럼 몰래 들어와서 쓴 거라고요. 이미 며칠 지난 데다가 반응까지 좋아서 지우지도 못하겠고… 언제부터 준비했길래 이렇게 많이 썼담? 독자들은 속 편하게 이 순간만을 노렸니 어쨌니… 아니, 주인공이 바뀌었는데, 왜 불평들을 안 하지? (생각하다가) 설마… 다들 에리나가 마음에 안 들었나…? (답답해서 짜증스레) 아~~, 별수 없이 이 스토리에 이어서 써야 하나~?

가방에서 수첩을 꺼내 페이지를 넘기다가 책상에 툭 던지고는 노트북에 글을 써내려 간다.

지현   악! 진짜. 생각해둔 내용은 못 쓰게 되고, 독자들이 좋아하니 다시 돌아가지도 못하겠고~! (턱을 괴고는 마우스로 페이지를 오르내리며) 애초에 내가 쓴 게 아니니 다음에 뭘 써야 할지도 모르겠단 말이지… 차라리 범인이 잡혔으면 무슨 생각으로 쓴 건지 알 수라도 있지….

마우스로 스크롤을 내리며 이야기를 다시 읽는다. ♬ 째깍째깍 ♬ 조명이 노을빛으로 물든다. ♬ 휴대폰 알람소리 ([또 만나요 – 딕 훼밀리 또는 동요ver] 같은 스타일) ♬ 휴대폰의 알람을 끄며 시간을 보고 노트북에 화면을 확인한다.

지현 시간이 벌써 이렇게 됐나. (달력을 보며 얼굴을 찡그린다) 아직 정해진 분량을 못 채웠는데… 어쩌지 야근이라도 해야 하나? 지금까진 구상해둔 방향을 따라서 어떻게든 채웠는데… 어디 사는지도 모를 인간 때문에 이게 뭔 꼴이람. (머리를 쥐어 뜯으며) 으아아악! (잠시 후) 오늘 어떻게든 방향성을 세우고 퇴근해야 돼! 그래야 내일 뭐라도 쓰지. 힘내자!

굳은 결심을 하고 수첩과 필기구를 꺼내 노트북 화면을 움직이며 스토리를 정리한다.

지현 음… 그러니까 일단 샐라티아와 에리나는 어릴 적에 만난 적이 있고, 그때 에리나의 본성을 봤었다. 처음에는 성격이 변했다고 믿었으나 그렇지 않다는 걸 알아버렸고, 에리나가 사건을 저지를 때마다 방해를 해왔다. 에리나는 그런 샐라티아가 자기를 질투해서 괴롭히는 것이라 누명을 씌웠다. (비꼬며) 얼씨구, 평소 내성적인 성격으로 주변과 잘 어울리지 못했던 샐라티아는 진상을 털어놓을 사람이 없었고, 겨우겨우 루시온에게 얘기를 했으나 이미 에리나에게 푹 빠져있던 황태자는 모함이라 여길 뿐이었다… (종이를 들어 살펴보던 지현은 툭 떨어트리며) 내 참. 내가 쓴 건 이름밖에 안 남

왔네? 피땀 흘려 쓴 내면들을 다 상상과 소문으로 만들어버리다니… 내 얘기를 좋아했던 거 맞아? (사이) 인물 설정부터 다 뜯어고쳐야 하네. (상체를 뒤로 젖히고 멍하게 있다가 천천히 몸을 일으키며) 미룬~다고~ 해결이~ 되나~ 일단 하고 보자! (사이) 하루아침에 주인공이 되어버리신 샐라티아부터 할까? (마우스를 움직이며) 어~ 디~보자~ '인물설정' 폴더가… 어? 내가 샐라티아 설정을 이렇게 썼던가? 몇 군데가 바뀌었는데? (마우스를 움직이며) 마지막 수정 날짜가… (사이) 이렇게 늦은 시간에 내가 수정했을 리가 없잖아! (생각하다가 닭살 돋은 팔을 문지르며) 으~~ 소름 끼쳐. 그 인간, 대체 언제부터 들어왔던 거지? (이것저것 살펴보고는 당황스레) 샐라티아만 건드렸잖아? 대체 무슨 속셈이야…?

♬ 배에서 꼬르륵 소리 ♬ 가 들린다.

지현   (배를 툭툭 치며) 에잇, 눈치 없긴. 지금이 밥 먹을 때야?

다시 ♬ 배에서 꼬르륵 소리 ♬ 가 들린다. 지현은 무시하고 다른 파일을 살펴본다. ♬ 배에서 꼬르륵 소리 (더 요란하게) ♬ 지현은 한숨을 쉬고 배를 문지르다가 자리를 박차고 일어난다.

지 현 에잇, 머리도 안 돌아가는데 저녁부터 먹고 오자. (가방을 챙기며) 오늘 저녁은 무조건 매운 거다, 매운 거.

지현은 노트북을 덮고는 자리에서 일어나 방의 불을 끄고 나간다. 잠시 후 무대 왼편에 조명이 들어오고 샐라티아가 등장한다. 조각품을 세우고는 칼로 피를 떨어트린다. 이젠 능숙하다. 차원의 문이 열리고 그 안으로 들어간다. 조심스레 주변을 살피고는 호롱은 책상 위에 두고 노트북을 열자 바로 켜진다.

샐라티아 (놀라서) 변했어… 지금까지는 버튼을 눌러야 빛이 들어왔는데… 화면이 바뀌었다는 건… 보안체계를 바꾼건가? (무의식적으로 목을 만지며) 확인하고 싶은데….

고민하던 샐라티아는 고개를 홱 돌려 차원의 문을 보더니 문과의 거리를 잰다.

샐라티아 (바닥을 발로 툭툭 치고 천장을 살펴보며) 그래, 함정이 발동하더라도 도망치지 못할 거리는 아니야. 자꾸 미뤄봤자 변수만 늘어날 뿐이야. 이곳에 대한 건 빨리 청산하고 잊는 게 상책이지.

긴장한 상태로 노트북에 다가간다. 노트북의 전원 버튼을 다시 눌러 절전모드를 해제하고 키보드를 눌러본다. 누르면서 중간중간 주변을 살핀다. 화면이 바뀌어 비밀번호를 입력하라는 화면이 보인다.

샐라티아 '암호'라….

샐라티아는 고민에 빠진다.

샐라티아 신에 대한 정보도 없고 몇 개의 문자가 필요한지도 모른다.

샐라티아가 망연자실에 빠져있을 때 도어락 소리가 들린다. 샐라티아는 흠칫 놀라서 문으로 빠져나가려다가 호롱을 챙기지 않은 것과 노트북을 닫지 않은 것을 깨닫고 닫고자 되돌아온다. 그때 문이 열리고 지현이 샐라티아를 발견한다.

지현 (놀라서) 왁! 다, 당신 누구야! (사이) 그, 그래! 전에 그놈이지?! 내 소설 멋대로 바꿔서 올린 게 당신 맞지! (위 아래로 훑고는 빈정거리며) 샐라티아 빠순이라는 티를 팍팍 내는데~!

샐라티아는 긴장한 상태로 아무런 말을 못한다.

지현 당신, 거기에 꼼짝 말고 있어. 지금 당장 경찰 부를 거야. (지현이 폰을 꺼내려 눈을 떼자 샐라티아가 도망치려고 한다) 앗, 뭘 하려는 거야? (도망치려는 샐라티아를 붙잡는다. 지현의 손아귀에 샐라티아는 힘없이 휘둘린다. 샐라티아를 제압하며 책상 서랍 속에서 테이프를 꺼낸다) 이래봬도 내가, 순발력 하나는, 자신 있거든? 힘도 약하면서 괜히 기운 빼지 말자고.

샐라티아를 의자에 앉히고 테이프로 감는다. 그러고는 경계를 낮추고 폰을 주워 경찰에 신고한다.

지현 아, 네. 오늘 오전에 연락드렸었는데, 네, 사생패…ㄴ, 아니, 계정 도용이랑 무단침입 피해로요. (사이) 네… 지금 다시 나타나서…, (사이) 아뇨, 위해를 받은 건 아니고 일단 잡아놨는데 바로 와주실 수 있을까요? (사이) 네, 네. 어쩌다 보니… (사이) 15분이요? 네, 알겠습니다. (전화를 끊는다. 의기양양하게) 넌 이제 끝이야.

말없이 서로 바라보다가 지현이 밖으로 나가 의자를 가지고 돌아온다. 등받이 쪽을 앞으로 하고는 턱을 기대고 앉는다.

지현　　간도 크다, 그 일이 있은 지 얼마나 지났다고 이렇게
　　　　또 들어오다니… 생각했던 것보다 훨씬 어린데? (샐라
　　　　티아가 말이 없다. 문득 생각이 나 의아해하며) 가만, 비밀번
　　　　호도 바꿨는데 대체 무슨 수로 들어온 거야?

샐라티아　…. (말없이 지현을 바라본다)

지현　　쳇, 묵비권 있다 이거지… (사이) 그럼… 대체 무슨 생
　　　　각으로 내용을 바꾼 거야?

샐라티아　…. (말없이 지현을 바라본다)

지현　　우리 집, 아니 내 작업실에 몰래 침입해서 글까지 썼
　　　　다는 건 뭔가 의도가 있었을 거 아냐. (샐라티아는 여전
　　　　히 말이 없다) 입이 붙으셨나? 왜 말이 없어? (사이) 내가
　　　　어려운 질문했어? 왜 굳이 내 작업실에 침입해서 생
　　　　판 딴 얘기를 올렸냐고, 2차 창작이라는 건전한 방법
　　　　도 있는데!

샐라티아　(고개를 숙인 채) 딴 방법이란 게 없지 않습니까….

지현　　뭐?

　　　　샐라티아의 생각이 나오는 동안 샐라티아만 스포트라이트 조
　　　　명으로 비춘다.

　　　　♬ (샐라티아) 신도 감정을 가지고 있다.
　　　　에휘른 제국에서 섬기는 르메니아 신은 핍박받던 사

람들에게 연민을 느꼈고, 사자(使者)를 파견해 에휘른 땅으로 인도한 후 지금의 나라를 세우게 했다. 이국에서 섬긴다는 신들은 불륜을 저질러 애꿎은 인간을 별자리로 만들기도 하고, 사과 때문에 전쟁을 일으키기도 한다. 어설픈 거짓말보다는 이 편이 나을 거야. ♫

샐라티아 (지현을 바라보며) 죽지 않으려면 이 방법밖에 없다고 생각했습니다.

지 현 (당황하며) 주, 죽어…?

샐라티아 머잖아 참수형에 처할 운명이라는 것을 알게 되어 몹시 두려웠습니다.

지 현 참, 참수형…?

지현의 속마음이 나오는 동안 조명이 스포트라이트로 비춘다.

♫ (지현) 아니, 참수형은 뭔 놈의 얼어죽을 참수형? 지가 마리 앙투아네트야? 사형집행 안 한 지가 몇 년젠데… (사이) 정신이 이상한가…? 그래~ 그러고 보니 들은 적 있어. 자기가 본 영화나 소설에 미쳐서는 자기가 그 인물이라고 착각하는 망상장애 이야기. ♫

샐라티아 생명을 가진 존재라면 죽음을 피하기 위해 무슨 짓이든 하고 싶은 법이지 않습니까. (괴로운 표정으로) 상응하는 벌을 받을 각오는 되어 있습니다.

지현 (혼잣말로) 그래, 경찰 오기 전까지는 괜히 자극하지 말고 적당히 맞춰주자. (장난으로 가볍게) 그럼 여기는 어떻게 온 거야?

샐라티아 주술의 힘을 빌렸습니다.

지현 아아, 주술~? (피식 웃으며 휴대폰을 꺼내 잡다한 걸 살펴보며) 그 세계에는 소설에서 나오는 주술도 있어?

샐라티아 주술의 힘을 이용해 이곳으로 올 수 있는 문을 열었습니다.

지현 그 문이 어디 있는데?

샐라티아 (문을 가리키며) 저쪽입니다.

지현 (슬쩍 고개를 들며) 아아, 이쪽? (자리에서 일어나 문 쪽으로 다가가서) 그래. 이쪽에 있단 말이지? 난… (벽을 살피는 시늉을 하며) 잘 안 보이는데?

샐라티아 바로 앞에 있습니다.

지현 (샐라티아를 보고 손으로 가리키며) 여기? 여기에 뭐가 있다는 거야. 아무것도 없잖아. (피식 웃는다)

샐라티아 좀 더 강한 힘으로 뻗으면 있습니다.

지현 힘을 주면 된다니 무슨… 으앗! (손이 벽을 통과하자 깜짝 놀라 손을 빼고) 이, 이게 뭐야….

지현이 다시 손을 대자 손이 사라진다. 손을 허우적거린다. 지현은 마음을 굳히고는 조심스레 손을 뻗고는 차원을 넘어 간다. 문을 지나 주변을 둘러본다. ♬ 밤의 숲 소리 ♬

지현   말도 안 돼… (문을 홱 돌아보더니 다급하게 뛰쳐 나와서) 헉… 헉… (숨을 고르다가) 너… 뭐야….

샐라티아   샐라티아 이데르크… 이데르크 가문의 장녀이자 당신 께서 만드신 소설 속 악역… 이었죠.

지현   마… 말도 안 돼…. (몸에 힘이 빠져 주저앉는다)

♬ (샐라티아) 신자가 신전에 찾아오는 것과는 다른 느 낌인가 보군. ♬

지현   증거…, 증거를 대 봐.

샐라티아   (고민하다가) 루시온 황태자와의 첫 만남은 그의 여섯 번째 탄신일이지만 그를 좋아하게 된 건 2년 뒤, 궁전 의 미로 같은 정원에서 길을 잃었을 때입니다. 혼자 울 고 있는 저를 찾아줬죠.

지현   그건 인물설정 파일을 봤으면 알 수 있는 정보잖아. (혼 란스레) 역시, 뭔가 트릭을 이용한 가짜지…? 마술 같은 건가? 옆집을 산 거야?

샐라티아   그때 제가 정원에서 길을 잃은 건 베르디아 영애 때문

129

이었습니다. 저보다 3살이나 많으면서도 저를 시기·질투했었죠.

지현 그건…! 생각만 하고 어딘가에 적어둔 적은 없는데….

♫ (샐라티아) 이건 소설에는 '필요 없는' 이야기다. 그 소설은 오로지 에리나를 위한 이야기였기에 내가 괴롭힘을 당한 이야기는 중요하지 않다. (사이) 뭐, 지금 와서 생각해보면 귀여운 수준이지만. ♫

지현 대체 어떻….

♫초인종 소리. 다시 한 번 울리고는 문을 쾅쾅 두드리는 소리.

(경찰) 김지현 씨. 김지현 씨 계십니까! 경찰입니다! 신고 받고 왔습니다. 김지현 씨?♫

지현은 정신을 차리고는 비틀거리며 방 밖으로 나가 문을 연다.

♫

경찰관 신고 받고 출동한 ㅇㅇ지부 한준석 순경이라고 합니다.

지현   아…,

경찰관 김지현 씨? 신고한 본인 맞으십니까?

지현   (횡설수설하며) 그게… 숲이… 그럴 리… (사이) 저기… 죄
송… 해요. 제가 잘못 알았어요.

경찰관 안색이 안 좋으신데, 괜찮으십니까?

지현   네…, 제가 착각한 거였어요. 정말 죄송합니다!

경찰관 (미심쩍어하며) … 혹시 무슨 일 있으시면 다시 연락 주
십시오.

지현   감사합니다.

문이 닫히고 도어락 소리. 경찰이 떠나는 발소리가 들린다.

(그동안 샐라티아는 벗어나기 위해 버둥거린다)

♬

잠시 후 지현이 들어오고 샐라티아는 말없이 바라본다.

지현   왜 다시 온 거야…?

샐라티아 운명으로부터 완전히 벗어난 것인지 확신이 없었습니
다. 확인을 하고 싶었을 뿐입니다.

지현   후… (원망스레) 확인할 게 뭐가 있어. 너 때문에 이야
기가 다 틀어졌는데… 왜 네가 주인공 자리를 꿰찬 거
야? 그냥… (혼란스레) 죽을 위기에서 벗어날 정도로만

바꿔도 됐잖아.

샐라티아   … 저도 다르게 살고 싶었습니다. 샐라티아 이데르크
의 역할이 바뀌지 않는 한, 또다시 같은 결말을 맞게
될 것만 같았습니다.

지현   (한참 고민하다가 테이프를 풀어주며) … 돌아가. 너는 죽지
않을 거야. 아니, 언젠가 죽긴 하겠지만 그런 결말은
아니야.

샐라티아는 경계하면서도 조심스레 차원의 문을 지난다. 지
현을 문을 지나는 샐라티아를 보며 또 흠칫 놀란다. 쓸쓸하게
조각품을 정리하고 무대에서 퇴장할 때까지 지현은 테이프를
정리하고 기운 없이 책상에 앉아 생각에 잠긴다.

암전.

제3장

무대가 밝아지고 샐라티아가 관객석을 향해 기도하고 있다.

♪ (샐라티아) 그 일로부터 2년이 지났다. 그동안 특별
한 일은 없었다. 나는 여전히 성녀 같은 이미지로 주변

의 선망과 기대를 받으며 봉사활동을 하고 루시온은 에리나로 인한 충격을 잊고자 외교활동을 통해 입지를 넓히는데 열중했다. 에리나의 사형은 집행되지 않았다. 소문으로는 빛도 들지 않는, 지하 감옥 깊은 곳에 가둬져 아무도 찾지 않는다고 한다. 신은 내가 쓴 이야기를 이어갈 모양이다. ♬

기도를 끝내고 샐라티아는 신전을 나가려고 할 때 샐라티아에게 따스한 빛이 비추고 누군가의 목소리가 들린다.

♬ (신성한 여자 목소리) … 즈으라 ♬

샐라티아는 신상을 돌아본다.

♬ (신성한 여자 목소리) 너의 운명을 찾으라 ♬

샐라티아   르메니아 신…?!

♬ (샐라티아) … 일 리가 없나. 주술도구를 안 버려서 다행이군. ♬

암전되고 작업실에 조명이 들어온다. 샐라티아와 지현이 마주 보듯 의자에 앉아있다. 지현이 주저하다 말을 꺼낸다. 지현은 샐라티아를 제대로 보지 못하고 샐라티아는 지현을 직시한다.

지 현 (어색하게 웃으며) 아, 그동안… 잘 지냈어…? 요…?

샐라티아 (의도를 살피며) 말씀 편하게 하십시오.

지 현 (여전히 어색하게) 어…, 며칠 동안 기다렸어.

샐라티아 이곳에 오려면 조건이 필요했습니다.

침묵.

지 현 그때 이후로 생각을 많이 했어. 내가 멋대로 죽…, 끝을 정했던 거… 미안해. 나는… 실제로 존재한다고는 생각 못 했어… 알았다면 절대 그러지 않았을 거야. (사이) 생각해봤는데… 이제는 네 의사를 존중해서 이야기를 쓰려고 해.

샐라티아 (어리둥절해서) 제… 의사요…?

지 현 그래. 생명의 위협을 느꼈다면 충격이 컸을 텐데 피해 보상 같은 걸 해주고 싶어. (죄책감에 말이 빨라지며) 현실에서 벌어지는 일이 아니라고 생각해서 그랬던 거지, 내가 절대 사이코패스 같은 건 아니거든. 널 알게 된 이상 행복한 삶을 선사해주고 싶어. (눈치를 살피며) 뭘

해줬으면 좋겠어…?

샐라티아 (미심쩍어 하다가 고민을 하고서는) … 루시온과의 사이가
예전보다 더… 어색해졌어요. 루시온과 다시 편한 사
이가 되고 싶어요.

지 현 (용서 받았다고 생각해 기뻐하며) 그래, 그럼 그렇게 해줄게.

샐라티아가 멍하게 있자 지현이 노트북을 켜며 말한다.

지 현 (들떠서) 내가 이번에는 정말 잘 써줄게. 불안하면 곁에
서 지켜봐도 돼.

샐라티아 직접 볼 수 있단 말입니까…?

지 현 (마우스로 소설 입력창을 열며) 옆에서 본다고 부담스러워
하지 않으니까 괜찮아. (글의 내용을 살피며) 음… 저번에
루시온이 외교활동을 전념하는 것까지 적었는데, 루시
온이 난관을 겪을 때 네가 그걸 도와주는 걸로 시작하
면 괜찮을 거야. 물론, 너의 아버지인 이데르크 공작을
통해 전해지겠지만 감사의 의미로 식사 초대를 받게
되는 거지.

(♫ 시간이 흐르는 효과음 ♫) 샐라티아는 의자를 당겨서 앉
고 지현이 글을 쓰는 모습을 지켜본다.

지현   (노트북을 덮으며) 자, 이렇게 끝! (자리를 정리하며 일어선다) 다음에도 올 거야?

샐라티아   (같이 일어서며 진중하게) 가능하다면 오고 싶어요.

지현   (차원의 문 쪽으로 이동하며) 조건이 필요하댔지? 언제 올 수 있어?

샐라티아   제 세계의 시간에서 보름달이 뜨는 밤에만 올 수 있습니다.

지현   그럼 다음에 만날 때는 내용을 미리 준비해 올 테니까 그에 맞춰서 분량을 조율해보자.

샐라티아   감사합니다. 한 달 후에 또 뵙겠습니다.

지현   응. 잘 가.

샐라티아가 차원의 문을 나가고 상쾌한 공기를 마시다가 퇴장한다. (♬ 기분 좋은 배경음 ♬) 지현은 샐라티아가 나간 문을 잠시 바라보다가 기분 좋게 뒤돌아 책상으로 돌아간다.

지현   생각보다 잘 해결되어서 다행이야. 이제야 글 쓰는데 집중할 수 있겠네.

휴대폰 벨소리가 울리고 지현은 발신자를 확인하고 받는다.

지현   (반갑게) 어, 이 시간에 웬일이야? (사이) 혜진이도? 당연

히 가야지! (사이) 어디로? (사이) 오~ 여기랑 가깝네. (사이) 그래~ 좀 이따 봐~

기분 좋게 전화를 끊은 지현은 머리를 정리하고 가방을 메고는 방을 나간다. 불 꺼진 방은 조금씩 푸른 밤으로 조명이 변한다. 잠시 후. 도어락 소리가 들린다. 번호를 틀려 경고음이 들리고 다시 도어락을 열어 번호를 누른다. 현관문이 열리는 소리가 들리고 지현이 방으로 비틀 거리며 들어오다가 쓰러지듯 엎드려 눕는다.

지현   (풀린 혀로) 하… 못 가, 못 가. 도~저히 집까지 못 가겠다. (사이) 첫차 뜰 때까지만 쉬자.

지현은 가만히 엎드려 있다가 똑바로 눕고는 팔을 머리에 얹는다.

    ♫

미영   (벅찬 마음으로) 나, 조만간 (소리가 지직거린다) 대리로 승진해~~~!!

지현·혜진   와~~~~~! 잘됐다!

지현   (소리가 지직거린다) 대리 된 거 축하해~!

혜진   우리 미영쓰, 잘 나가는데~?

미영 (자신감에 차서) 어. 나 요즘 잘 나가는 듯?

혜진 이번 프로젝트도 네 아이디어였다면서?

미영 운이 좋았지, 뭐.

지현 운은 무슨. 평소에 밤잠 줄여가면서 열심히 준비했었
잖아. (소리가 지직거린다) 그러니까 기회가 있었던 거지.

미영 에이. 지현이 너에 비하면 별거 아니지. 너 말은 출근
제라고 하면서 집에서도 작품 생각만 하잖아, 난 출근
하면 퇴근만 고대하는데. 우리 창작연구동아리 멤버
중에서 지금까지도 창작활동을 하고 있는 건 너뿐이
야. 넌 아직도 (소리가 지직거린다) 반짝반짝한 게 부러워.

혜진 (갑자기 생각나서) 맞아, 맞아. 이번에 작품 방향이 완전
히 바뀌었던데? 저번 작품이랑 완전 달라져서 깜짝 놀
랐어.

미영 뭐. 진짜?

혜진 (즐겁게) 응, 그러다가 갑자기 반전이 빵!! (소리가 지직거린
다) 뻔하던 흐름을 싹 반전시킨 게 진짜 기발했다니까.

미영 이야~ 지현이 너, 옛날에도 엄청 독특했잖아. 예전에
공모전에서 입상했던 작품 기억나?

혜진 (점점 소리가 작아진다) 아! 우리 2학년 때! ♬

지현 (옆으로 돌아누우며) 이번엔 제대로 해야 해. 저번 작품처
럼 나만 만족하기엔… 세월이 너무 많이 지났어. 미영
이는 벌써 대리까지 됐잖아… 그동안 난… 아… 다 관

두고 싶다.

잠시 후 지현은 몸을 일으켜 비틀거리며 의자에 앉는다.

지현   (가방에서 수첩을 꺼내며) 열심히 해야 돼. (수첩을 펴고 볼펜을 꺼내며) 이대로 있으면 안 돼. 이번 건 어떻게든 성공시켜야 돼. (졸려서 고개를 까딱까딱하며) 친구가 잘되는 것도 배 아파하는 한심한 인간은 되지 말아야지….

서서히 암전.
숲에 조명이 들어온다. 한결 가볍고 시원한 날이다. 샐라티아가 다시 문으로 들어간다. 아무도 없는 방에 의아해한다. 그때 도어락 입력 소리가 들리고 잠시 후 지현이 들어온다. 샐라티아가 노트북을 켜고 의자를 당겨 앉는다. 지현이 가방을 내려놓고 한 손으로 이어폰을 빼는데 자세가 불편해보인다. 그 모습을 지켜본 샐라티아가 말을 건다.

샐라티아 (놀라서) 신이시여, 용태가 편찮으십니까?
지현   뭐? (박장대소하며 웃는다) 아하하하하하하하! '시…', 크큭, '신'. (민망해하는 샐라티아를 눈치 못 채고) '신'이니 '용태'니 직접 들은 건 처음이야. (사이) 그러고 보니 너, 내 이름도 모르겠구나. 난 지현이야. 김지현. 난 신도 뭣도 아니니까 말 편하게 해.

샐라티아 (샐쭉해져서) … 어딘가 다치신 겁니까?

지현 아, 그게… (조금 망설이며) 음…, 좀 창피한 일인데 말이 지… (소매를 걷어 팔에 깁스한 걸 보이며 비장하게) 팔이 부러졌습니다!

잠시 정적이 흐르다가 지현이 뻘쭘해하며 말한다.

지현 그게 말이지… 며칠 전에 집에서 나오다가 계단에서 굴렀지 뭐야. 누가 거기에 물을 뿌려 놨더라고. (과장스레) 어떤 놈이 그랬는지 아주 다리 몽둥이를 분질러 버려야 돼. 버스 놓치기 싫어서 뛰다가 황천길 갈 뻔했지 뭐야. (사이) 팔로 끝나서 다행이지, 하하….

샐라티아 '버스'… 자객 같은 건가요?

지현 (호탕하게 웃는다) 하하하하하. 아니. 음… 마차처럼 교통수단인데 공용으로 쓰는 거라서 내가 그 일정과 노선에 맞춰서 타야 해. 그리고 내 세계에는 자객 같은 거 없어. (사이) 아, 어딘가엔 있으려나? 근데 난 아냐. 난 정치가나 범죄자가 아닌, 지극~히 평범한 사람이거든.

샐라티아 (다 이해할 수는 없지만 넘어가며) 지금은 괜찮은 건가요?

지현 조금 불편하긴 한데 1~2달 정도면 풀 수 있고 일상생활에는 지장 없어. (자리에 앉으며) 그래서 말인데, 네가 글 쓰는 것 좀 도와줄래?

샐라티아 (놀라며) 제가요?

지현 그래. 음성입력도 시도해봤는데 아무래도 불편하더라고. 어차피 전에도 한 적 있잖아. 이번이라고 못 할 것도 없지.

샐라티아 (만감이 교차하며) ….

지현 (수첩을 꺼내서 보여주며) 오늘은 이 부분을 할 생각인데, (문득 생각에 빠져 샐라티아를 바라본다)

샐라티아 (의아하게) 왜 그러십니까?

지현 (시선을 피하며) 아니, 그냥…, 루시온이랑은 어떤가 해서….

샐라티아 (수줍게) 덕분에 편해졌습니다. 이젠 예전만큼 피하는 것 같지도 않고, (신이 나서) 얼마 전엔 짧지만 잡담도 나눴어요.

지현 (기뻐하며) 그래? 그럼 이번에는 좀 더 관계를 진전시켜볼까?

샐라티아 네?

지현 애초에 내 글은 장르가 로맨스인데 로맨스가 없잖아. 이제 다시 생겨야지! 독자들도 너랑 루시온이 잘되기를 기대하고 있고.

샐라티아 그런….

지현 너도 아직 루시온 좋아하고 있잖아. (다그치듯) 그치?

샐라티아 (당황스레) 아… 네….

지현 (수첩의 페이지를 넘기며) 그래서 내가 좀 생각을 해봤는데 말이야, 이렇게 하는 것도 재밌을 거 같아. 국정으로 루시온이랑 같이 먼 길을 떠나면서 얘기도 나누는 거지. 그때 사고가 발생하고 둘만 있는 시간이 늘어나면 긴장감 있는 장면과 설레는 장면을 다 넣을 수 있을 거 같아. 인생이 계속 지지부진하기만 하면 재미없잖아?

샐라티아 (걱정스레) 사고라니, 루시온이 다치나요?

지현 아무래도 긴장감을 생각하면 팔이 부러지는 정도는 있겠지만 생명에 지장은 없을 거야. 응급처치도 할 거고 나중에 황실의 의사가 치료해주면 회복될 수 있는 정도…? (희미하게 웃으며) 명색이 남자주인공인데 불구로 만들진 않지.

샐라티아는 말없이 표정이 안 좋다.

지현 아, 그게 싫으면 타국의 황녀와 혼약이 얘기가 오가는 것도 있어.

샐라티아 갑자기 혼약이라니요…?

지현 아무래도 로맨스의 장애물하면 라이벌이잖아. 오래전 첫사랑 같은 포지션은 에리나랑 겹쳐서 안 되고. 아,

너한테 생기는 편이 나으려나? 이국의 황태자가 너를 마음에 들어하고 루시온이 질투하면서 감정을 깨닫는 거지. (사이) 그래, 그 편이 낫겠다. 루시온이 너한테 갑자기 사랑을 느끼려면 루시온 쪽에 생겨서는 의미가 없지.

샐라티아 이제 겨우 편안한 사이가 되었는데… 조금 더 천천히 할 수는 없는 건가요…?

지 현 (단호하게) 안 돼. (사이) 그러면 이야기가 지루하잖아, 시간대를 변경하는 것도 얼마 전에 써버려서 안 되고.

샐라티아 ….

지 현 (샐라티아를 쓰다듬으며) 걱정할 필요 없어. 이렇게 보면 갑작스러워 보여도 막상 그 순간이 다가오면 자연스럽게 느껴질 거야. 이곳과 그곳은 시간의 흐름이 다르다고 했잖아. 분위기에 따라서 짧은 순간이 긴 시간보다 유익할 수도 있고. 네가 말로만 들으니까 이상하게 느껴지는 거지, 막상 때가 닥치면 안 이상할 거야.

샐라티아 (생각에 잠기며) 그런가요….

지 현 그래, 지금까지 줄곧 그랬었잖아. 나만 믿어. 행복한 삶을 선사해주겠다고 했잖아.

샐라티아 아…, (미소 지으며) 그렇죠.

지 현 그럼 작성화면부터 띄워줄래?

샐라티아 네.

샐라티아가 타이핑을 치고 지현이 적어야 할 내용을 불러준다. 지현이 오타는 없는지 확인하고 샐라티아가 의견을 내기도 하고 지현이 의견을 제시하기도 하며 이야기를 써내려간다. 천천히 암전된다.

무대 왼편에 조명이 들어오고 궁궐 내부가 보인다. ♫서정적인 음악♫ 샐라티아가 벽 쪽에 서 있고 루시온이 등을 보이며 서 있다. 서로 웃으며 이야기 나누다가 샐라티아가 수줍게 말을 하고 루시온이 조심스레 샐라티아에게 다가가 안는다. 샐라티아 역시 루시온을 팔로 감싸 안고 ♫ (이때쯤 음악이 날카로운 높은 음으로 변했으면 좋겠음) ♫ 조명이 푸른 빛으로 변하며 암전된다.

제4장

무대 앞 조명이 밝아지고 지현의 옷을 빌려 입은 샐라티아와 지현이 무대로 걸어온다. ♫ 많은 사람들이 오가며 이야기 나누는 소리와 광장에 울리는 캐롤 음악 ♫

지현 (관객석 쪽을 가리키며) 어때? 거대한 건물이며 트리며, (지나가는 사람들과 부딪혀 짜증내며 뒤를 돌아본다) 악, 발에 차

일 듯 가득한 사람들이며. (다시 샐라티아를 보고 반응을 기대하며) 대단하지?

샐라티아 (덤덤하게) 행사를 준비하고 있는 건가요?

지 현 (실망한 듯) 별로 안 신기한가 보구나? (피식 웃으며) 놀랄 줄 알았는데 버스만한 게 없네. 크리스마스라서 그래.

샐라티아 '크리스마스'요?

지 현 기원은 예수님의 탄생이라고 종교적인 이유인데, 지금은 그냥 공식적으로 노는 날? 겨울을 맞아 소중한 사람과 로맨틱하게 추억을 쌓는 날이야.

샐라티아 아~ 색상 조합이 헬레나 영애의 데뷔당트 때가 생각나네요.

지 현 음… 화려한 게 신기할 거란 생각이 잘못된 거란 건 알겠다. 뭐, 오늘의 메인은 4D니까. (휴대폰으로 시간을 확인하고) 영화 시작하기까지 시간이 좀 남았으니까 아이쇼핑이나 할까?

샐라티아 '아이쇼핑'이요?

지 현 진열된 물건 구경하는 거. 이리 와봐.

지현이 샐라티아를 데리고 왼쪽 문으로 들어갔다가 잠시 후 나오는데 샐라티아가 모자를 쓰고 있다.

샐라티아 (어리둥절해서) '아이쇼핑'은 구경하는 거라고 하지 않았나요?

지현　(기분 좋게) 에이~. 이렇게 잘 어울리는데 모자 정도는 사는 게 예의지~

주변을 둘러본다.

지현　아, 저기도 가보자.

지현이 샐라티아를 데리고 오른쪽 문으로 들어간다. 잠시 후 나오는데 샐라티아의 손에 인생 네 컷 사진이 들려있고, 샐라티아가 신기해서 바라본다.

샐라티아　순식간에 초상화가 그려졌네요. 정말 정밀해요.

지현　모처럼 나온 건데, 사진 한 장 정도는 남겨줘야지.

다시 주변을 둘러 보다가 샐라티아가 관객석을 가리키며 말한다.

샐라티아　저기에 전시되어 있는 거, 지현님 집에 있던 거랑 같은 거 아니에요? '노트북'…?

지현　(단호하게 손바닥으로 막는 시늉을 하며) 어허, 저건 가볍게 살 수 있는 게 아냐. 큰 맘 먹고 눈물을 머금으며 카드로 긁어야 한다고.

샐라티아 '카드'요?

지현 그래~. 아까 모자 살 때 썼던 거. (지갑에서 카드를 꺼내며) 어디~보자~. (카드를 보여주며) 여기 이 플라스틱이 별 거 아닌 것 같아 보이겠지만, 음… 증서 같은 건데, 이 걸로 구매하면 물건을 먼저 받고 할부로 지정한 개월 만큼 다음 달부터 지불해나가는 거야.

샐라티아 빚을 져서 사는 건가요?

지현 그런 셈이지. 지불 능력에 따라 체감이 다른데, 지금의 나로서는 노트북은 무리지.

샐라티아 노트북이라는 게 건물 한 채만큼의 비용이 드는 건지 몰랐어요.

지현 (머리를 휘날리며) 훗… 이래서 귀족들이란… (샐라티아의 어깨에 손을 얹으며) 아가씨, 건물 한 채 못 사는 수준의 사람도 많답니다. 저거? 건물에 비하며 비싼 것도 아니에요. 근데 저한테는 비쌀 수 있죠.

샐라티아 아… (깨달았다는 듯이 순진하게) 지현님은 영세하군요…?

지현 (울컥해서 샐라티아를 두고 왼쪽으로 걸어가며) 시간 다 됐어! 영화 안 볼 거야?

샐라티아가 뒤쫓아가고 암전된다. ♬캐롤 음악♬
작업실에 조명이 들어오고 지현이 통화를 하고 있다.

지현   쏭~. 나 어떡해. 카드 도난당했어. (사이) 분명 며칠 전만 해도 카드 잘 쓰고 다녔는데 오늘 쓰려고 하니까 안 보이는 거야. 당장 카드사에 연락해서 분실 신고부터 했지! 그리고 설마 아니겠지, 하고 카드 내역을 보는데 뭐가 있는지 알아? '사과 스토어'가 뙇! 6백만 원이 뙇! (사이) 알림…? 몰라, 난 못 봤어… 그냥 오늘 발견했어. (사이) 경찰에도 신고하긴 했는데 범인 잡을 수 있겠지…? (사이) 그러게 말야. 팔 부러져, 카드 도난당해. 올해가 삼잰가? 왜 이러지? (사이) 안 잡히면 그 돈 내가 내야 할까 봐 걱정이야. 그렇게 되면 당장 다음 달 월세며 생활비는 어떻게 하냐고. (사이) 아, 그게… 요즘 좀 지출이 늘었어. (사이) 어쩌다 보니 그렇게 됐어~. (사이. 의아해서) 뭐, 한 달? (사이) 아하하하. 너 오면 뭐. 내 집 포기하고 너랑 같이 여기서 살면 돼? (사이) 야, 나 장난 아냐~ 진짜 심각하다고….

지현이 통화하는 사이 숲에 조명이 들어오고 샐라티아가 차원의 문을 통해 작업실로 들어온다. 샐라티아를 보고 지현은 통화를 마무리한다.

지현   아, 미안. 끊어야겠다. (사이) 응… 나중에 또 연락할게~
샐라티아 방해했나요?

지현   아냐, 얼른 시작하자. (가방에서 노트를 꺼낸다)

샐라티아는 의아해하면서도 자리에 앉아 노트북을 켠다.

지현   집에서 생각해봤는데 루시온이 암살 위기에 처했을 때 네가 구해주고, 주모자를 찾아서 잘 해결되면 둘이 결혼하는 것으로 마무리하면 될 거 같아.

샐라티아   아아. 그래요?

샐라티아가 노트를 살펴보고 지현은 고민을 하다가 말한다.

지현   (조심스럽게) 샐라티아… 저기…, 이런 말 해서 미안하지만 한 달 정도만 휴재를 할까?

샐라티아   (놀라서) 네? 갑자기 무슨….

지현   사실 내가 금전적인 문제가 생겼는데, 아무래도 그것부터 해결하고 이야기를 마무리하는 게 좋을 거 같아. 분량이 얼마 안 남아서 시기가 좀 애매하긴 한데, 그래도 사건이 언제 해결될지 몰라서 무리해서 강행하는 것보다는 잠시 쉬더라도 안정적인 상태에서 이어가는 게 맞을 거 같아.

샐라티아   금전적인 문제라뇨…, 심각한 거예요?

지현   음…, 이번 작품을 마무리할 때까지는 버틸 수 있다고 생각했는데 갑작스럽게 돈을 잃게 되어서 서둘러 돈을 벌어야 할 거 같아.

샐라티아 글을 쓰면서 하는 건 힘들어요…?

지현 나도 모르겠다~ 일하면서 지금처럼 연재한다고 생각하면… 아무래도 힘들지 않을까? 체력적으로나 시간적으로나… 어중간하게 하다가 욕 먹으니 그냥 휴재 공지 올려놓고 돈을 버는 게 낫지 않을까 싶어.

샐라티아 아니면 제가 쓸까요?

지현 뭐?

샐라티아 그렇게 말한다는 건 휴재하기 싫은 거잖아요. 대강의 흐름은 짜여 있고 전에도 해봤으니 제가 쓸게요.

지현이 고민한다.

샐라티아 저 못 믿어요? 아무도 눈치 못 채게 잘 할게요. 얼마 안 남았는데 공백이 생겨버리면 독자들이 떠날까봐 걱정하는 거잖아요. (여전히 고민하는 지현을 보며) 한 달이면 된다면서요? 다 끝나가는데 잘 마무리해요, 우리.

지현 응… 그럼 한 달 정도만 부탁할게.

암전되고 잠시 후 작업실에 조명이 들어온다. 샐라티아가 노트북으로 바쁘게 키보드를 치고 있다. 잠시 후 도어락 여는 소리가 들리고 겉옷이 바뀐 지현이 문을 벌컥 열며 작업실로 들어온다.

지현 (문이 다 열리기도 전에 소리치며) 샐라티아! 이게 어떻게 된 거야?!

샐라티아 (어리둥절해서) 네? 대체 무슨….

지현 (흥분해서) 연재처에 올라온 내용 말야! 못 봤어? 우리 가 얘기했던 거랑 전혀 다른 내용이 올라와 있어!

샐라티아가 가볍게 숨을 내쉬며 자리에서 일어난다.

샐라티아 (지현을 자리에 앉히며 담담하게) 무슨 일인지 전혀 모르겠 어요. 좀 진정하고 천천히 말해줘요.

지현 (작업실을 나가는 샐라티아를 향해 돌아앉으며) 아니, 전혀 다 른 내용이 사이트에 올라와 있다니까? 지금 무슨 내용 이 올라와 있냐면, (♬ 샐라티아가 컵을 꺼내고 냉장고에서 물을 꺼내서 따르는 소리가 들린다. ♬) 네 아버지인 이데르 크 공작이 전쟁에서 죽고 루시온도 불치병으로 사경 을 헤매고 있어! 이게 말이 돼?

샐라티아가 작업실로 돌아와 지현에게 컵을 건넨다. 지현은 물을 벌컥벌컥 마시고 샐라티아는 그런 그녀를 가만히 보다가 자리에 앉는다.

샐라티아 (다시 노트북에 키보드를 두드리다가 눈썹을 찡그리며) 그게 그
렇게 놀랄 일인가요? 영토를 넓히다 보면 누군가가 죽
기도 하는 거고, 미지의 숲에도 들어갔다가 불치병에
걸릴 수도 있잖아요.

지 현 아니, 그렇게 쓴 적이…, (한 박자 느리게 샐라티아를 바라보
며) 알고 있었어?

지현은 잠시 멈칫했다가 직감적으로 샐라티아에게서 노트북
을 빼앗아 작성하고 있던 글을 읽는다. 벌떡 일어서 가방에서
휴대폰을 꺼내고는 방안을 빙빙 돌며 (주고받은 말들과 연재
내역을) 확인한다. 그러다가 멈춰 샐라티아에게 다가가 샐라
티아를 내려다본다.

지 현 (휴대폰에 내역을 보이며) 지금까지 나한테 보내줬던 것들
은 뭐야? (다그치며) 진행 상황이며 독자들 반응이라며
내게 말했던 것들은 다 뭐냐고!

샐라티아 (여유롭게 타이핑 치며) 궁금하실 거 같아서 말씀드린 거
죠. 일하느라 바쁜 당신을 위한 배려로.

지 현 (기가 차서) 배, 배려?

샐라티아 (손을 멈추지 않고) 아무것도 모른 채 행복하게 끝나길 바

랐는데… 아쉽게 됐네요.

지현 (주춤하며) 뭐? (사이. 샐라티아의 어깨를 잡아당기며) 그놈의 노트북에서 손 좀 떼!

샐라티아 (얼굴을 찡그리고 어깨를 만지며) 아프잖아요.

지현은 혼란스러운 마음을 진정시키려 주위를 걷다가 의자에 앉는다. 샐라티아는 시계만 흘긋 볼 뿐이다.

지현 언제부터야?

샐라티아 (놀랍다는 듯이) 그게 중요한가요?

지현 (답답해서) 말 돌리지 말고~!

샐라티아 (미소 지으며) 두 세계를 왔다갔다 했더니 시간 감각이 엉망이에요.

지현 지금 농담이 나와? 왜 이런 짓을 한 거야?

샐라티아 (지현에게 고개를 들이밀며) 저를 행복하게 해주겠다던 말이 생각났어요.

지현 (움츠러들며) 뭐?

샐라티아 (상체를 바로 하고 가볍게 손가락을 들며 미소 짓고 환상을 보고 있는 것처럼) 제가 원하는 대로 써주시겠다고 했잖아요.

지현 그렇게 말하긴 했지만… 그때 넌 분명히….

샐라티아 곰곰이 생각해봤어요. 내가 진.짜.로. 원하는 게 뭔지….

지현　….

샐라티아　내가 원하는 게 루시온일까요…? (팔로 엑스자를 그리며) 삐. 생각해보세요. 루시온은 평민 출신인 에리나에게 빠져 저를 모욕하기만 했던 남자잖아요. 그런 남자를 제가 정말로 사랑할까요? (사이) 아니면, 아버지의 꿈을 이루는 것? 삐, 삐. 작은 여자아이에게 황제 가문을 가 져다주지 못하면 쓸모가 없다고 말하던…?

지현　그건… 그렇다고 죽음으로 몰아갈 건 없잖아. 지금까 지 함께했던 사람들을 어떻게….

샐라티아　이렇게 말했지만, 사실 그렇게 미워하던 것도 아니었 어요.

지현　(희망적으로) 그래, 그렇다고 해서 살아있는 사람을….

샐라티아　가짜였으니까.

지현　뭐?

샐라티아　(숨을 깊게 내쉬며 일어서며) 애초에 루시온도 이데르크 공 작도 존재하지 않았죠. 당신이 만든 꼭두각시에 불과 했으니까.

지현　….

샐라티아　루시온에게 고백했어요. 거절당했고요. (과장스레) 좋 은 감정을 가지고 있긴 하지만 이성으로 바라보는 건 아닌 것 같아, 에리나 때의 충격이 어쩌구저쩌구. 근 데 며칠 후에 같은 상황이 다시 펼쳐졌죠. 뭐라는지 알아요…? (지현의 표정을 살피며) 잘 알죠? 당신이 한 말이니까.

지현 (혼란스레) 그건…, 이야기니까, 그리고 그 속의 인물이니까 당연히….

샐라티아 더 끔찍했던 건 저였어요. (그때를 흉내내며) '루시온…!' 하며 기뻐서 눈물이 다 나는데…! 알겠죠? 우린 아무 것도 아니에요. (사이) 알잖아요? 당신이 글을 쓰는 그 순간, 나도 같이 있었다는 거. 함께 쓴 이야기에 내 의지와는 무관하게 생각과 감정이 반응할 때마다 내 기분이 어땠는지 알아요?

지현 그, 그럼 내게 맡겨두지 그랬어. 안 봤으면 됐잖아.

샐라티아 내 인생을 어떻게 맡겨! 널 뭘 믿고! 지금까지 시궁창 같던 게 다 네 탓이었는데! 그곳에서 보름달을 기다릴 때마다 얼마나 소름 끼쳤는지 알아? 매일 매일 의심했어! 이게 내 생각인지, 네가 써 내려간 글자의 부산물인지.

지현 (벌떡 일어서며) 그치만, 그래도 해피엔딩이 기다리고 있잖아! 그냥 받아들여도 되잖아.

샐라티아 (지현의 어깨를 짓눌러 앉히며) 완결 후를 생각해봤어? 내가 사랑하는 사람이랑 껍데기만 똑같은 뭔가랑, 내가 가지지 못했을 지위와, 나답지 않은 말들… 그 거짓된 세상에서 홀로 남아 미쳐버리겠지.

지현　네 첫사랑을 이뤄주겠다는데 뭐가 문제야! 왜 그렇게 비뚤게 생각해! 그러니까 루시온이 널 싫어하지! 악역일 때랑 바뀐 게 없잖아!

샐라티아　(어이가 없어서) 악역…? 그것도 네 탓이잖아. 어쩐지 이상하다 했어. 이런 짓하면 미움만 살 뿐이라는 걸 알면서도 (지현의 손을 들어 눈앞에서 흔들며) 왜 멈추지 못하는지.

지현　(그 손을 뿌리치며) 그야, 재밌는 이야기를 만들려면 그런 캐릭터가 필요하니까…!

샐라티아　그래, 그 의미도 없는 사람들 입맛을 맞춰야 하겠지. 네 인생이 아니니까 아무래도 상관없겠지. 뭘 하고 있는지도 모른 채 이리 흔들, 저리 흔들. 난 절대 안 그래. 그렇게 두지 않아.

지현　이, 이건 다른 거 같아? (샐라티아를 쏘아보며) 너는 그냥 쉬운 길을 택한 거뿐이잖아. 누군가 원망하고 탓하고 싶은 거지. 안 그랬으면…, (고민하다가) 그래, 시간을 되돌렸겠지! 그때처럼 개연성이고 뭐고 싹 다 무시하고 되찾았을 거야. 네가 정말 원했다면 무슨 수를 써서든 되찾았을 거라고. (사이) 하, (빈정거리며) 근데 자신이 없었겠지. 시간을 되돌려도 네 께 아니란 걸 확인하기 싫었으니까. 인정하기 싫어서 그냥 정체되길 선택한 거야.

샐라티아　되돌린다고 달라질 거 같아? 네가 문제야. 애초에 너

같은 게 내 인생을 좌지우지하는 게 문제라고! 내가 벗어나야 할 운명이라는 게 그놈의 단두대인 줄 알았는데 아니었어. (노트북 화면을 흘긋 보며) 난, 네가 진짜 신이었어도 그냥 두지 않았을 거야.

지현 뭐…? (화가 나서) 됐어. 내가 비밀번호를 바꾸면 끝이야. (노트북을 뺏는다. 한 손으로 문을 가리키며) 네 세계로 돌아가서 다시는 오지 마!! (잠시 후 비틀거리며 머리를 짚는다) 뭐, 뭐지…?

샐라티아 네가 만든 설정, 기억해?

지현이 의자에 앉으려다가 중심을 잃고 쓰러진다.

샐라티아 (지현이 떨어트린 노트북을 주워 살펴보며) 네가 만들어준 독약이야. 무색, 무취, 무고통. (노트북을 책상에 두고 앉으며) 봐. 네가 방해만 안 하면 친절할 수 있잖아.

샐라티아는 아무 일 없다는 듯이 키보드를 두드리고 형광등이 깜빡거리듯 조명이 꺼졌다가 켜지다가 암전된다.

제5장

궁전 복도가 밝아지면 왕관을 쓴 샐라티아의 초상화가 커다랗게 걸려있다. 샐라티아가 지루한 표정으로 초상화를 바라보고 있다.

♬ (샐라티아) 소위 말하는 세계정복이 끝났다. 군사 피해가 있긴 했지만 '신의 가호가 있는 샐라티아 황제' 덕에 크지 않았다. 민심은 나날이 좋아졌다. 날씨가 시기적절하게 조절되어 농사도 잘 되었다. 모든 것이 완벽한 나날이다. 어린아이의 소꿉장난처럼…. ♬

갑작스레 에리나가 등장한다.

에리나　내 몸을 돌려줘…!

샐라티아　(놀라며) 에리나…?

에리나　이 악마! 내 몸을 돌려달라고!

샐라티아　(당황스레) 대체 무슨…, 누가 이 녀석을 풀어준 거야? 이봐! 경비병! (아무런 대답도 없자 불안해져서) 경비병! 당장 이 녀석을 체포하라고!

에리나　소용 없어. 모두 내 편이야. 루시온이 모두에게 진실을 말했다고!

샐라티아 뭐? 루시온…?

에리나 루시온이 네 정체를 눈치채자 몰래 죽이려고 했잖아. 에리나, 이제 그만해. 더 이상 죄를 지어서는 안 돼. 내가 도와줄게.

샐라티아 저 말은… 지&…, (말이 안나오자 놀라서 입을 턱 막는다)

♬ (샐라티아) 김#@ 그 여자가 살아있는 거야. 당장 그곳으로 돌아가야 해. 이곳에서는 승산이 없어. 또다시 인형이 될 순 없다고! ♬

샐라티아는 다급하게 무대 밖으로 도망치고 에리나가 그 뒤를 쫓는다.

에리나 에리나, 거기 서!

잠시 후, 바위 앞으로 샐라티아가 나와 조각품을 꺼낸다. 밤하늘이 검붉다.

샐라티아 (격한 숨을 몰아쉬며) 하하, 보름달이 뜨는 날이라니 운이 좋군, 그래. 하핫. 주인공의 힘인가…?

다급한 손놀림에 조각품이 자꾸만 떨어진다. 겨우 세우고 칼을 꺼내 손을 찌르려고 하는데 에리나가 나타나 밀친다. 칼이 떨어진다.

에리나   또 흑마법인가? 이번에도 허튼 짓하게 내버려둘 줄 알고? (조각품을 보더니 손에 들며) 이게 그 주술 도구인 거지?

샐라티아   (에리나에게 달려들며) 그거 내놔!

에리나가 조각품을 무대 밖으로 던지고 깨지는 소리가 들린다.

샐라티아   (절규하며) 안 돼!!!!!! 대체 무슨 짓을…! 그게 어떤 건데…! ㅇ….

샐라티아가 점점 몸에 힘이 빠지는 듯 기절하고 잠시 후 에리나도 기절한다. 잠시 후 루시온이 샐라티아를 찾는 소리와 말들이 달리는 소리가 점점 커지더니 암전된다.

작업실에 조명이 들어오고 도어락 소리와 함께 지현이 통화하는 목소리가 들린다. 방으로 들어오면 큰 가방을 하나 더 들고 있다.

지 현 괜찮아. 지금이 며칠만인데 또 마주치겠어? 경찰에서도 확인했다며. (사이) 그래, 그래. 그때 너가 오지 않았으면 ♬도어락 소리♬ 병원이 아니라 장례식장으로 갔겠지. (사이) 걱정 마. 여기서 아무 것도 안 먹을 거야. 그냥 딱! 짐만 챙겨서 나온다니까? (사이) 에이… 나도 쉬운 건 아닌데… 그래도 빨리 정리하고 새출발 해야지. 네 짐도 이미 다 뺐잖아. (사이) 알았어. 10분 간격으로 생존신고 할게. (사이) 어~ (끊는다)

지현이 책상에 놓은 노트와 달력, 노트북 등을 정리해 가방에 넣는다. 예전에 했던 대화들이 짧게 떠오른다.

♬

지 현 네가 글 쓰는 것 좀 도와줄래?

샐라티아 (놀라며) 제가요?

지 현 루시온이랑은 어떤가 해서….

샐라티아 (수줍게) 덕분에 편해졌습니다. (신이 나서) 얼마 전엔 짧지만….

♬

지현이 서랍에서 모자를 꺼내 잠시 썼다가 가방에 넣는다. 함께 찍은 사진을 살펴본다.

♬

샐라티아 '크리스마스'요? 아~ 색상 조합이 헬레나 영애의 데뷔 당트 때가 생각나네요. (어리둥절해서) '아이쇼핑'은 구경 하는 거라고 하지 않았나요?

지현 (기분 좋게) 에이~. 이렇게 잘 어울리는데… 아, 저기도 가보자.

♬

지현 (애써 밝게) 샐라티아. 엄청 당황스러웠겠다. 너랑 내가 사는 세계가 이렇게나 다를 줄이야. 치명적인 독으로 설정했는데, 이곳에선 내성이 생겼다니… 웃기지 않 니? 각종 화학물질에 적응한 덕에 살 수 있었다는 게. (차원의 문을 잠깐 보고는 자조적으로) 내가 몰랐던 건 훨씬 더 많겠지….

지현이 차원의 문 앞으로 이동한다.

지현 (벽을 살며시 만지며) 또 다시 너의 진심을 지워서 미안 해. 근데 서둘러 마무리하려다 보니 그 생각밖에 안 들 었어. 내가 너 무서워하면 안 되는데, 눈을 뜨고 나니 까 다시는 이곳으로 나오지 못하게 해야 한다는 생각 밖에 안 들더라. (뒤를 돌아 걸어가며) 나는 이제 글을 안

써. (가방에서 꽃을 꺼낸다) 그러니까, (문 앞으로 다가가며) 내가 이런 말 하는 것도 웃긴데…, (꽃을 두며) 다음 생에는 온전히 너의 인생을 선택할 수 있길 바래.

지현은 차원의 문이 있던 벽을 잠시 바라보다가 가방을 챙기고 불을 끄고 나간다. 어둠 속에서 문만 빛이 나다가 암전.

누에의 둥지

이영은
멘토 김현규

등장인물

봉자(종숙의 시어머니/86세) _고집이 있고 꼬장꼬장하며
욕을 일삼아 한다.
분임(봉자의 시누이/69세) _선천적 맹인에 후천적 지적장
애(6~7세 정도)가 있다.
종숙(봉자의 며느리/62세) _맏딸과 맏며느리의 삶을 살며
책임감이 강하다.
준영(종숙의 아들/32세) _온화하고 간결하며 정이 많다.
마음이 여리다.
영선(준영의 아내/27세) _밝고 유순하며 지혜로운 성향
이다.
은정(종숙의 딸/28세) _새침하고 질투가 많으며 철이 없
다. 직설적이다.

무대

본채, 아래채가 있고 부엌과 함께 딸린 행랑채가 있는 시
골집.
마당 중앙에는 작은 평상이 놓여있고 빨랫줄이 길게 늘어
져 있다.
마당 한 귀퉁이에 수돗가가 있고 주변엔 국화와 철쭉 화분
들이 있다.

프롤로그

분임, 수돗가 앞에 앉아 철쭉을 보며 행복해 한다. 꽃잎을 조심스럽게 만지고 있다.
봉자, 연탄집게를 들고 소리치며 나온다.

봉자 하이고 이 식충아! 평생을 해온 일도 제대로 못하냐! (엉덩이를 찬다)

분임 (앞으로 넘어지며) 아야! 아파! 때리지 마!

봉자 뒈지지도 않고 평생을 애물단지 마냥 붙어선! 거머리도 이런 거머리가 없어! (등짝을 때린다)

분임 때리지 마! 분임이 똑바로 했어!

봉자 어이구 박복한 팔자! (분임, 봉자를 피하며) 어딜 도망가! 이리 안 와!

분임 아파! 때리면 아파! 아파! (악다구니 친다)

봉자 (연탄집게를 들고 때리는 시늉을 한다) 뭐 잘했다고 동네 시끄럽게 소리를 지르고 난리야!

분임 (피하며 장난하듯 웃는다) 똑바로 잘했어. 히히히.

봉자 어휴, (한숨을 쉰다) 나를 애먹이려고 일부러 그러는 건지. (머리를 쥐어박는다)

분임 (더 큰소리로) 아얏! 아파! 아파!

봉자   아프긴 뭐가 아파! 엄살과 꾀만 늘어선….

분임, 뒷걸음치다 수돗가 세숫대야를 밟고 넘어진다.

분임   어, 어… 아야!

봉자   (어이없는 표정으로) 지랄을 한다.

분임   (더듬거리며) 세숫대야.

봉자   조상들은 뭐한다고 저 애물단지를 안 데려 가는지. (다리로 밀친다)

분임   (넘어지며) 밀지 마!

봉자   (세숫대야를 주우며) 어이구 속 터져!

봉자, 마당 중앙에 있는 세숫대야를 주워 수돗가로 가져가 물을 퍼 담는다. 분임, 수돗가 옆에서 계속 더듬거린다.

분임   세숫대야….

봉자   (물 담긴 세숫대야를 분임 앞으로 밀며) 더러워 죽겠다. 소똥이며 염소 똥을 죄다 손으로 주무르니….

분임   (중얼거리며 손을 씻는다) 나빠! 때리는 사람은 나쁜 사람이야.

봉자   (비누를 세숫대야로 던지며) 맞을 짓을 하니 때리지!

분임   (해맑게 흥얼거리며) 뽀드득 뽀드득 깨끗하게….

봉자   세상 걱정 없이 속은 편하지. (어이없게 웃는다)

봉자, 앉아서 철쭉화분을 살핀다. 분임. 씻은 물을 봉자에게
끼얹는다.

봉자   (놀라 벌떡 일어나며) 아이고야! 이기 모고! 이. 이 미친 년!

분임   다 씻었어. 분임이 손 깨끗하게 씻었어. (밝게 웃는다)

봉자   이 망할 년아! 보이지 않으면 앉아서 조심히 부어야
지! (쥐어박는다) 어이구 속 터져!

분임   (세숫대야를 던지며) 아! 아파! 때리지 마!

봉자   (물기를 털며) 어디다 던지고 지랄이야! (등을 때리며) 얼른
안 주워!

분임   싫어! 때리지 마! (더 큰소리로)

시끄러운 소리에 영선. 나온다.

영선   애들 깨겠어요. 겨우 재워뒀는데….

봉자   저년이 씻고 난 물을 나한테 끼얹는다. 에잇! 망할 년!
(물을 손으로 튼다) 눈을 뜨고 있으니 보이는 것 마냥….

영선   보이시는데 그럴 리가 없잖아요.

봉자   그러게 말이다.

분임   (바닥을 더듬거린다) 세숫대야. 어디 있어.

봉자	(세숫대야를 분임 쪽으로 차며) 어이구! 이 원수 덩어리!
분임	나빠! 때리면 나쁜 사람이야!
봉자	밥은 다 차렸냐?
영선	네에.
봉자	콩밭에 잡초가 무성해 다시 밭에 가봐야 한다.
영선	내일 하시죠. (평상 위 수건을 가져온다)
봉자	하룻밤에도 넝쿨져서 마음먹은 김에 낫으로 걷어 내야지.
영선	(수건을 건네며) 얼른 닦으시고 식사하세요.
봉자	네 시어미는 왔다갔냐?
영선	아니요. 오늘은 늦으시네요.
봉자	(한숨을 쉬며) 때가 되면 밥부터 먹지 않고선….
영선	곧 오시겠죠. 먼저 식사 하세요.

분임, 세숫대야를 찾으려고 더듬거린다. 영선. 세숫대야를 주워 분임에게 간다.

영선	(분임의 손을 잡으며) 밥 드세요. 밥.
분임	(영선의 머리를 쓰다듬으며) 착해. 예뻐. (해맑게 웃는다)
봉자	이년 굶겨라! (수건으로 때리며) 밥 주지 말어!
분임	(공중에 때리는 시늉을 하며) 때리지 마! 나빠!
영선	(분임의 팔에 맞는다) 아야!

봉자　어이구. 이년이!

영선　(봉자의 등을 떠밀며) 얼른 들어가세요.

봉자　맞은 곳은 괜찮아?

영선　(미소 지으며) 네에. 살짝인데요.

봉자, 뒷짐 지고 들어간다. 영선, 분임을 데리고 들어간다.

분임　때리는 사람은 나빠! 그치?

영선　네에. 나빠요.

분임　아가는?

영선　자요.

분임　(행복한 표정으로 웃는다) 아가, 아가는 예뻐.

영선　네에. 밥 다 먹고 아가랑 놀아요.

분임　(좋아서 폴짝폴짝 뛴다) 응, 응응.

영선, 분임을 안내하며 들어간다.

제1장

준영, 출근을 하기 위해 나온다. 영선, 뒤따라 나온다.

영선 (준영의 어깨를 털며) 오늘은 일찍 퇴근하나요?

준영 가봐야 알지.

영선 요즘 매일 야근이네요.

준영 한창 바쁠 시기니까.

영선 (삐죽거리며) 준이와 솔인 아빠 얼굴 까먹겠어요.

준영 그러게…. (방 쪽을 보며)

영선 서둘지 마시고 운전조심 하세요.

준영 걱정 마.

준영, 나가려다 영선을 돌아보며 손을 잡는다.

준영 미안해.

영선 갑자기 무슨?

준영 애들 둘 키우는 것도 벅찬데, 어른들까지…, 내가 당신 볼 면목이 없어.

영선 (피식 웃으며) 이젠 제 가족인데 별소릴 다 하네요. 늦겠어요.

준영 (안으며) 고마워.

영선 집안걱정은 마세요.

준영 그래. 무슨 일 있으면 바로 전화해.

영선 (등을 떠밀며) 아무 일 없을 테니 얼른 출근이나 하세요.

준영 애들 잘 때 당신도 좀 자. 힘들면 할머니나 어머니께 애들 좀 봐달라고 해.

영선   네에. 그렇게 할 테니 조심히 다녀와요.

준영   그래.

준영, 나간다.

영선   (손을 흔들며) 운전조심 하세요.

영선, 들어간다.
종숙, 수건으로 옷을 털며 들어와 평상에 앉는다. 은정, 뒤따라 들어오며 투정을 부린다.

종숙   여름이 오기도 전에 뭔 날씨가 이리도 더운지.

은정   (몸을 흔들며) 엄, 마아 아!

종숙   (신발을 벗으며) 왜 자꾸 똥마려운 강아지 마냥 몸을 흔들어!

은정   사랑하는 엄마! (곁에 앉는다)

종숙   덥다. 떨어져 앉아!

은정   난 엄마랑 붙어 앉으니 좋은데. (웃는다)

종숙   (어이없이 웃는다) 사돈어른은 좀 어떠시냐?

은정   좋아지시고 계셔.

종숙   병원에라도 가지 않고선.

은정	오늘따라 엄마가 너무 보고 싶어서 병원 가는 길에 왔지.
종숙	반찬 떨어졌냐!
은정	이것 봐, 사람의 진심을 물욕으로 매도하다니… 가슴이 아프도다. (우는 척 한다)
종숙	봤으면 얼른 가!
은정	알았어! 저어… (머뭇거린다) 근데 엄마. 궁금해서인데,
종숙	궁금한 게 많아 배도 빨리 꺼지겠다.
은정	농담이 아니고, (눈치를 보며) 아버지도 돌아가신 지 일 년이 넘었는데 아버지 이름으로 된 땅들….
종숙	(말을 자르며) 뭔 쓸데없는 소릴 하려고!
은정	깜짝이야! 묻는 것도 안 되나 뭐!
종숙	쉰 소리 할 거면 병원에나 가봐!
은정	(볼멘소리로) 맨날 나한테만 화내고 무시를 하지.
종숙	말 같지도 않은 소릴 하니 그렇지.
은정	뭐가 그래! 막말로 오빠는 갑자기 왜! 시골로 이사를 왔겠어?
종숙	가족들 돌볼 겸 왔겠지.
은정	홍, 그건 아니라고 봄. 아버지 돌아가시니 콩고물 보고 왔겠지.
종숙	(등을 때리며) 이놈의 가스나가 못하는 말이 없어!
은정	아야! 왜 때려! 두고 봐, 내 말이 틀리나!

종숙	언제 철이 들고, 네 오빠나 언니 앞에서 쓸데없는 소리 지껄이기만 해봐 어디!
은정	이게 왜 쓸데없는 소리야. 현실적이고 솔직한 거지.
종숙	그래도! (쥐어박는다)
은정	아야! 맞을 나이 아니거든! 아마 언니도 속으론 생각이 없진 않을 거야. 그렇지 않고서야 미쳤다고 층층시하 시집살이를 자처하겠어.
종숙	입을 확 꿰매기 전에 안 다물어!
은정	꿰매지도 못 할 거면서… 하하하.
종숙	얼른 가!
은정	워워. 가지 말래도 갈 거니 화를 가라앉히시오. (놀리듯)

영선, 나온다.

영선	아가씨, 언제 오셨어요?
은정	조금 전에요.
종숙	(은정을 툭 친다) 사돈어른 병원에 가는 길이라고 안 했어?
은정	참, 그랬지?
영선	안 그래도 오빠가 주말에 병문안 갈 거라고 했어요.
은정	그래요?
종숙	얼른 가봐.

영선	밥 다 차렸는데 어머님이랑 같이 식사하고 가세요.
은정	(배를 만지며) 배가 좀 고프긴 한데….
종숙	사돈어른 기다리신다. (눈을 부라린다)
은정	(종숙의 눈치를 보며) 바빠서 밥은 다음에, 엄마 눈에서 레이저 나오네요. 하하하.
종숙	얼른 가!
영선	왜 자꾸 가라고 하세요.
은정	근데 저어~ 언니.
종숙	(큰소리로) 빨리 안 가!

영선과 은정, 깜짝 놀란다.

영선	어머님! 왜 그러세요?
은정	(일어나며) 깜짝이야! 노인네가 목청도 크시지.
종숙	배고픈데 얼른 안 가니 그렇지!
은정	(크게 웃으며) 두 여사님들 전 갑니다.
종숙	볼일 없이 와서는….
은정	(나가며) 볼일이 있었는데 엄마가 쫓아내잖아.
영선	아가씨! 잘 가요.
은정	네에.
종숙	사돈어른께 안부 전해.
은정	알았어.

은정, 나간다.

종숙 (옷을 털며) 휴우~
영선 아가씨한테 왜 그러세요.
종숙 … 할머니는?
영선 조금 전에 식사하셨어요.
종숙 애들은?
영선 자요.
종숙 밥은 내가 챙겨 먹을 테니 애들 잘 때 곁에서 한숨 자
     거라.
영선 어머님과 같이 먹으려고 저도 아직 밥 안 먹었어요.
종숙 그랬어? 다음부터는 기다리지 말고 먼저 먹어라.
영선 네에.

종숙, 슬리퍼로 갈아 신고 수돗가로 간다. 봉자, 낫을 들고 나
온다.

영선 아직 밭에 안 가셨어요?
봉자 낫이 무뎌서 갈아서 가려고,
종숙 이리 줘요. 제가 할 테니….
봉자 괜찮다.
영선 손 조심하세요.

봉자　…. (수돗가로 가서 앉는다)

영선　국만 데우면 되니 바로 들어오세요.

종숙　오냐.

영선, 들어간다. 봉자, 낫을 간다.

종숙　(퉁명스럽게) 식사는 하셨어요?

봉자　좀 전에 먹었다. 왜 이래 늦었어?

종숙　하던 일마저 다 하고 오느라고요.

봉자　배를 왜 곯게 하는지….

종숙　참 먹어서 괜찮아요.

봉자　참이 요기가 되겠어! 얼른 밥부터 먹어라.

종숙　(발을 씻으며) 아이고, 지린내야! 요강을 수돗가에 비우
지 마시라니깐!

봉자　….

종숙　날이 더워지니 오줌 냄새가 진동을 해서 더러워 죽겠
어요! 화장실에 비우고 씻기만 하면 될 건데!

봉자　(화를 내며) 오줌밖에 없는데 뭐 어떻다고 난리고!

종숙　(물을 확 비우며) 온 집안에 지린내가 진동을 하잖아요!
(한숨 쉰다) 관세음보살.

봉자　괜히 억지를 쓰고 그러네!

종숙　억지가 아니라, 냄새 안 나세요?

봉자	냄새는 무슨!
종숙	나이 드시니 코도 막히시나 보네. 이 독한 냄새를….
봉자	네 년은 나이 안 먹었냐! 트집 잡을게 없으니 유난스럽게 지랄이다.
종숙	노인네 오줌이라 냄새가 더 고약하구만!
봉자	시어미를 아주 잡아먹을 기세네.
종숙	(일어나며) 노인들만 사는 것도 아니고 해롭다는 건 안 하시면 될 건데 역정만 내시니….
봉자	(낫을 닦으며) 별것도 아닌 걸로 눈 부라리며 대드네. 자식 따라 죽었어야 했는데….
종숙	그놈의 죽는다는 말씀은….
봉자	너 하는 꼴을 보니 자식 없는 이 집에서 어찌 살지 걱정이다.
종숙	또 애먼 소리 하시네요.
봉자	얼른 뒈져야지!
종숙	새사람도 있고 하니 고모님께 이년 저년 욕도 하시지 마시고, 요강도 수돗가에 비우지 마세요.
봉자	(헛기침 한다) 망할 년!
종숙	(어이없이 웃는다) 또 욕이시네.
봉자	평생을 이리 살아 왔는데 하루아침에 고쳐지냐!
종숙	관세음보살.
봉자	에잇! 망할 년!

| 종숙 | (고개를 흔들며) 하이고, 하하하. |

영선, 국자를 들고 나온다.

영선	왜들 싸우세요.
종숙	시끄러워 애들 깼냐?
영선	아뇨. 안 들어오셔서요.
봉자	(혼자말로) 너무 오래 살아서 며느리한테 더러운 꼴도 다 겪고···.
영선	(봉자를 보며) 네에? 뭐라고 하셨어요?
봉자	아니다.

종숙, 영선을 향해 눈을 감고 고개를 흔든다. 봉자. 낫을 챙겨 뒷짐 지고 나간다.

종숙	밭에 가시게요?
봉자	···.
영선	콩밭에 풀이 무성해 낫으로 걷어야 된대요.
종숙	넝쿨이 심하면 내일 같이 해요.
봉자	됐다! 망할 년! 괜스레 지랄이다.
종숙	그만큼 얘길 해도, 그놈의 욕은···.
봉자	이게 뭔 욕이라고!

영선	할머니 욕은 가마솥 누룽지처럼 구수해요. 호호호.
봉자	(멈칫하며) 하하하.
영선	오~ 할머니 웃으셨다. 호호호.
종숙	하하하.

세 사람의 웃음소리가 마당을 그득 메운다.

암전.

제2장

영선, 나온다.

영선 부모님이 그립다. 그날 두 분이 함께 조업을 나가지만 않았어도, 난 하루아침에 고아가 되지는 않았을 텐데… 늘 따스했던 부모님이 그리웠다. 할머니와 살며 중학교만 마쳤다. 공장에 취직해 야간고등학교를 다니며 할머니를 부양했다. 북적이는 가족에 대한 갈망은 나이가 들수록 커져 갔다. 그래서 어린 나이에 가정을 꾸렸다. 늘 그리던 북적이는 가족이 생겨 고단함보다는 하루하루 즐거움이 커져갔다. 혼자 외롭게 자라다가 4대가 함께 사는 이곳 마당 안이 즐겁고, 여기 지

봉 아래가 따뜻하다. 무엇보다 자상한 남편으로 인해 외로움은 사라지고 행복감으로 채워갔다. 이런 가족들을 잃고 싶지가 않다. 하지만 갑작스런 아버님의 죽음이 가족들 마음과 정신을 흔든다. 할머님의 욕 속에는 애환이 담겨있고, 고모할머님에 대한 애증도 실려 있다. 어머님만큼은 오래도록 곁에 계셔주길 바란다. 점점 지쳐 가시는 어머님이 걱정이지만 곁에서 맥을 놓지 않으시도록 딸이 되의 손을 잡아 드리려 한다. 어머님의 둥지 안에서 딸이 되어 드리려 한다. 어머니~, 엄마~

제3장

자동차 급정거 소리. 이윽고 사이렌 소리가 요란하다.

분임 아파! 아파! 아파! (점점 약하게)

사이.

병원 복도에 긴 의자가 있다. 종숙, 의자에 앉아 있고, 준영과 영선, 어두운 표정으로 서 있다.

종숙	혈혈단신이라 집으로 모시고 가봐야 제사 지낼 자식도 없다. 상주도, 문상객도 없으니 보건소에서 말한 대로 적십자병원에서 장례 치르고 화장하면 된다.
준영	어머니, 잠깐만요.
영선	그런 방식은 좀….
종숙	왜?
준영	상의를 하셔야죠.
종숙	상의할 게 뭐가 있어.
영선	그래도 저희들이 있는데….
종숙	나랏돈으로 살던 사람이라 장례도 그리 하면 된다.
준영	갑자기 결정할 일이 아니니 상의를 해봐요.
종숙	관세음보살.

은정, 헐레벌떡 뛰어온다.

은정	엄마~!
영선	아가씨, 오셨어요?
은정	(종숙 옆에 앉으며) 어떻게 된 일이야! 응?
준영	고모할머니가 교통사고로 돌아 가셨어.
은정	앞도 못 보시는 분이 왜? 차도까지 왜 나가셨데.
종숙	(은정 허벅지를 때리며) 정신 사납다. 넌 왜 왔어!
은정	아야! 왜라니? 나도 가족이니까 왔지!

종숙   가족은 무슨!

준영   일단, 장례절차부터 결정해야 하니 조용히 해봐!

은정   (삐죽거리며) 다들 나만 가지고 그래.

영선   아무리 그래도 무연고 장례는 좀….

은정   무연고?

준영   어차피 정식 장례는 못 지낼 거야. 화장은 해야 하고.

은정   꼭 화장을 해야 해? 선산도 있는데….

종숙   쓸데없는 소리들 말고 내가 말한 대로 해라.

영선   그럼, 뼛가루라도 저희가 뿌려야 하지 않나요?

은정   요즘 아무 곳에나 못 뿌린다던데… 너무 대책이 없네요.

영선   아가씨! 무슨 말을 그렇게….

은정   제 말은, 생각이란 걸 좀 하고 말하란 겁니다.

준영   은정이. 넌 조용히 안 해!

은정   나만 가지고 지랄이야! 짜증나게!

준영   뭐! 지랄!

종숙   다들 시끄럽다! 에미는 애들 남의 집에 너무 오래 맡기지 말고 들어가거라. (은정을 툭 치며) 너도 그만 가!

은정   싫어! 다들 좀 솔직해져봐! 언니는 함께 산 지 오래 안 되니 불쌍해서 그럴 수가 있지만, 막말로 우리 가족들은 딱히 잘해 드린 게 없잖아! 안 그래?

종숙   이놈의 가스나가! 안 가!

은정   (벌떡 일어나며) 아! 왜에! 엄마도 매달 보조금 나오는 걸

로 고모할머니를 위해 모두 사용한 적 없잖아! 왜 이
래 다들!

영선 아가씨! 지금 그런 말을 나누자는 게 아니잖아요.

은정 언니는 모르면 가만히 있어요.

영선 제가 뭘 모른다는 거죠?

종숙 관세음보살.

은정 막말로 사망신고를 안 한들… 안 하고 지원비를 계속
받은들….

준영 너 지금 무슨 말도 안 되는 소리야!

영선 그래요! 그건 말도 안 돼요!

은정 뭐가 말이 안 된단 건지.

영선 생각해 보세요. 말이 되는지.

종숙 다들 시끄럽다. 정신 사납게 말고 내 결정대로 해라.

영선 아무리 그래도….

종숙 준이 어미, 네 마음은 충분히 안다. 지금 할머니 정신
도 오락가락 하시고, 매몰찬 것 같아도 길게 갈 거 없
이 깨끗하게 보내드리는 것이 맞다. (준영을 올려다보며)
아범은 어서 가서 결정한 거 전달해라.

준영 …. (머뭇거린다)

은정 그래 오빠. (준영을 툭 치며) 같이 가줄까?

영선 다른 방법이 없나요?

은정 언닌 고모할머니 제사까지 지낼 수 있어요?

영선　갑자기 무슨….

은정　그럴 마음 없으면 가만히 계세요.

준영　은정아!

은정　(삐죽거리며) 알았어!

종숙　죽은 귀신들 끌어안고 살지 않으려면 내가 하자는 대로 해라.

은정　그래 오빠. 엄마가 시키는 대로 해.

영선　마음이 많이 아프네요.

은정　여기 마음 안 아픈 사람이 있겠어요?

영선　요즘 저한테 왜 그러세요.

은정　제가 뭘요?

준영　둘 다 그만해!

종숙　관세음보살. 아범은 어서 안 가고 왜 그리 서 있어!

준영　… 네에. (나간다)

은정　(준영을 따라가며) 오빠~ 같이 가. 장례비용은 나오는 거야? 응?

준영　조용히 좀 해.

은정　대답을 해주면 되지.

준영　나도 잘 몰라.

준영과 은정. 나간다.

종숙	할머니는 어찌하고 계시는지.
영선	이장님께서 댁으로 모시고 가셨어요.
종숙	애비 오면 집에 가서 할머니랑 애들 돌보거라.
영선	어머님께서 들어가셔서 좀 쉬세요.
종숙	애들 때문에도 네가 들어가거라. 할머니 정신도 온전하지 못한데 남의 집에 오래 머물게 할 수 없으니⋯.
영선	네에.
종숙	(긴 한숨을 쉬며) 관세음보살.

암전.

제4장

어느덧 시간은 흘러 가을이다.

봉자. 평상에 앉아 사진 액자를 입김 불어가며 닦고 있다. 종숙. 수돗가에서 빨래를 한다.

종숙	사진 다 닳아 없어지겠어요.
봉자	⋯.
종숙	오늘은 밭에 안 가세요?
봉자	⋯.

종숙   (힐끗 쳐다보며) 어머님!

봉자   왜 자꾸 불러! (화를 낸다)

종숙   요새는 욕도 안 하시고,

봉자   내가 언제 욕을 했다고….

종숙   (웃으며) 바람이 찬데 방에 들어가세요.

봉자   선선하니 괜찮다.

종숙   감기라도 드시면 어쩌려고.

봉자   …. (하늘을 본다)

종숙   가을 하늘이 예쁘죠?

봉자   벌써 가을이냐?

종숙   네에. (화분을 보며) 국화가 소담스럽게 펴 있잖아요.

봉자   내년 봄엔 철쭉이 일찍 피려나….

영선, 들어온다.

영선   세탁기 돌리면 되는데….

종숙   몇 개 안 돼서 괜찮다.

영선   할머니, 안 추우세요?

종숙   들어가시래도 고집이시다.

봉자   망할 년! 밥도 안 주고 어딜 쏘다녀!

영선   좀 전에 드셨잖아요.

봉자   언제! 굶겨 죽일 참이네!

종숙	아이고, 또 헛소리를 하시네.
봉자	이년들이 나를 아주 미친년 취급이네.
종숙	할머니 모시고 들어가거라. 관세음보살.
봉자	(수건을 던지며) 이년아!
영선	제가 잘못 했어요. 밥 드릴 테니 방으로 가세요.
봉자	고약한 년들!
종숙	휴우~
영선	요즘 정신 놓는 간격이 짧아지는 것 같아요.
종숙	그러게 말이다.
영선	할머니 저랑 들어가요. (팔을 잡는다)
봉자	(뿌리치며) 부산스럽게 지랄들이야!
종숙	노인네가 뭔 고집이 저리도 센지….
봉자	커피 다오.
영선	이젠 커피 드시고 싶으세요?
봉자	….

종숙, 영선을 쳐다보며 갖다 드리라는 눈짓을 한다. 영선, 고개를 끄덕이곤 나간다.

종숙	방에 가시면 좋을 텐데….
봉자	…. (사진을 쳐다본다)
종숙	아들, 보고 싶으세요?

봉자   (사진을 쓰다듬으며) 차라리 나를 데려가지.

종숙   (빨래를 하며) 어머님과 함께 산 세월이 40년도 훌쩍 넘어가네요. 젊어서는 생 속이라 어머님 원망도 많이 하고 울기도 했었는데…, (회상하듯 허공을 본다) 이젠 어머님 욕도 정겹네요.

봉자   욕을 언제 했다고….

종숙   사진 그만 보시고, 커피 가져오면 드시고 방에 가 한숨 주무세요.

봉자   할 일이 태산인데 팔자 좋게 자라고 지랄이야!

종숙   가을걷이 다 해서 할 일도 없어요.

봉자   … (하늘을 보며) 지금 몇 시고?

종숙   왜요?

봉자   쌀쌀해져서 연탄불 봐야 할 긴데….

종숙   관세음보살. (한숨을 깊이 내쉰다)

봉자   분임인 어디 갔냐? 연탄불 안 보고, (큰소리로) 분임아!

종숙   (혼잣말로) 자는 애들 다 깨우시겠네.

종숙, 빨래를 멈추고 봉자에게 다가간다.

봉자   분임아! 망할 년이 어디를 가선 코빼기도 안 보여.

종숙   사진은 저 주시고 그만 일어나세요.

봉자   요강도 비워야 할 긴데….

종숙	알았으니 방으로 가세요.
봉자	(평상서 내려오며) 죽지도 않고 식충이 마냥 밥만 축내니….
종숙	(팔을 잡으며) 잘 잡으세요.
봉자	놔라! 아직까진 혼자서도 잘 걷는다.
종숙	노인네가 고집은, (고개를 흔든다) 잡으세요!
봉자	놔라!
종숙	휴우~ 관세음보살.

봉자, 뒷짐 지고 나간다. 종숙, 봉자를 살피며 나간다.

제5장

종숙, 나온다. 눈을 감고 한숨을 쉰다.

종숙	고단하다. 휴우~, 온순하고 잔잔한 성품의 부모님 슬하에 일찍 도시로 공부하러 나간 오빠, 깍쟁이에 샘이 많은 여동생 사이에서 난 우직했다. 오빠를 대신해 장녀로서 책임감을 다했다. 늘 미안해하는 부모님을 생각해 원망이나 불평도 하지 않았다. 가족이니까, 중매로 시아버님이 안 계신 종갓집 맏며느리로 시집을 왔

다. 시집살이는 눈물 나도록 매웠다. 말수가 없어 답답하다고 구박! 아들을 하나만 낳았다고 구박! 굼뜨다고 구박! 휴우~, 구박의 이유는 여러 가지였다. 설거지하다 울고, 애들 울 때 같이 울고, 밭일하다 울고, 휴우~, 무뚝뚝하지만 자상한 남편과 자식들 커가는 모습으로 위안 삼으며 견뎌낼 수 있었다. 어머님께서 남편과 자식을 연탄가스로 하루아침에 잃었다는 사실을 알고 난 후부터는 모든 눈물을 거두게 되었다. 고모님의 실수였다. 그날의 사고로 고모님도 어린애가 돼버렸다. 내 남편은 차도로 뛰어든 고모님을 구하려다 죽었다. 큰 아들마저 앞세웠으니 온전한 정신일 수가 없으시겠지. 가족들의 죽음이 모두 고모님 때문이지만, 욕하고 구박하셔도 늘 챙기셨다. 내 눈엔 고모님은 시누이가 아니라 어머님의 자식이었다. 그런 고모님마저 떠나시니 모든 책임을 다한 냥 맥을 놓으신다. 이젠 나도 힘겹다. 어린 날부터 내 의지가 아닌, 책임감으로 살아오다보니 가슴에 돌덩이가 박힌 듯 답답하다. 이젠 나도 고요히 인생을 마무리하고 싶다. 어머님과 함께 이 둥지에서 온전한 딸이 되어 살아가려 한다.

제6장

봉자, 소리치며 들어온다. 종숙, 뒤따라 들어온다.

봉자   (두리번거리며) 이년 어디 갔냐! 연탄아궁이에 양말을 쳐박아 두곤 어디를 도망갔어!

종숙   무슨 노인네가, 기운이 이리도 좋은지.

봉자   (더 큰소리로) 분임아! 이년 잡히기만 해봐라!

종숙   제발 정신 좀 차리세요!

봉자   이년이! 날 아주 미친년 취급이네.

종숙   간밤에 온 동네가 떠들썩했는데, 기억 안나세요?

봉자   왜? 어디 불이라도 났었냐!

종숙   (어이없어한다) 밤새 어머님 찾느라 난리였는데….

봉자   내가 왜! 잠 잘 자고 나왔는데…. (평상으로 간다)

종숙   조심히 올라앉으세요.

종숙, 봉자를 부축해 평상에 앉는다. 봉자, 신발을 벗고 평상에 올라간다.

봉자   아범 방에 연탄불을 꺼트려서 방바닥이 얼음장일 텐데….

종숙   (한숨 쉬며) 애비 죽은 지가 언젠데….

봉자   (화를 내며) 이년이 지금 멀쩡히 살아있는 애비를 죽었
      다고 하냐!

종숙   고모님도 죽고 없어요!

봉자   이, 망할 년이 사람을 다 죽이네! 나도 죽었다 하지 왜!

종숙   (체념하듯) 제발 정신 좀 차리세요.

봉자   멀쩡한 날 자꾸 정신 나간 년 취급이네!

종숙   관세음보살.

      준영과 영선, 들어온다.

영선   두 분 뭐하세요?

종숙   애들은 자냐?

영선   네에.

준영   할머니랑 함께 계셨네요.

봉자   (준영의 손을 잡고) 이리 멀쩡히 살아있는 아범을 죽었다
      하고 지랄이다. 망할 년!

종숙   어머님 아들이 아니고 제 아들입니다. 어머님 손주요!!

봉자   그래도 이년이!

준영   그만하세요.

영선   그래요 어머님….

봉자   아범아, 이년이 나를 아주 노망난 늙은이 취급이다.

종숙　　아침 내내 헛소릴 하신다.

봉자　　이년이!

종숙　　… (고개를 가로 저으며) 관세음보살.

영선　　(달래듯이) 할머니 커피 맛있게 타 드릴 테니 저랑 방으로 가세요.

봉자　　새댁은 누구신지?

영선　　손녀에요. (팔을 잡는다)

준영　　점점 정신 놓는 시간이 길어지네요.

종숙　　걱정이다.

영선　　(일으키며) 할머니 천천히 신발 신으세요.

봉자　　뉘 집 새댁이 이리도 곱고 착한지.

영선　　(미소 지으며) 방에 가서서 저랑 얘기하며 놀아요.

봉자　　늙은이랑 뭐가 재미난다고….

영선　　제 팔 잘 잡으세요.

봉자　　아이고, 참해라.

영선. 봉자를 부축해 나간다.

종숙　　아범아. 할머니를 어찌하면 좋겠어?

준영　　그러게요. 간밤처럼 집을 나가시는 일이 자주 생기니 걱정이네요.

종숙　　점점 더 심해지시는 것 같구나.

준영	안 그래도 가까운 요양병원을 알아보고 있어요. 조금만 더 지켜봐요.
종숙	그래. 애들 돌보는 것도 힘들 텐데 준이어미 혼자 고생이 너무 많아.
준영	제가 저 사람 보기 많이 미안해요. 안쓰럽기도 하구요.
종숙	어디서 저리 착한애가 왔는지….
준영	그래서 말씀인데… (머뭇거린다) 저희들 내년쯤 다시 분가를 할까 싶어. 준이 유치원도 보내야 하니까….
종숙	(고개를 끄덕이며) 내가 복이 많아 저런 착한 며느리를 다 보고….
준영	…. (고개를 숙이고 있다)
종숙	그만 들어가 눈 좀 붙이렴. 밤새 할머니 찾느라 잠을 못 잤을 텐데….
준영	어머니도 못 주무셨잖아요.
종숙	나야 언제든 자면 되지. 내일은 출근도 해야 하니 잠시 눈 좀 붙여….
준영	네. 어머니도 방에 가셔서 좀 쉬세요.
종숙	아니다. 난 하우스에 나가 봐야지. 물도 좀 줘야 하고….
준영	그럼, 저랑 같이 나가요.
종숙	(손사래를 치며) 둘이서 할 일은 아니다. 애들 잘 때 옆에서 좀 자.
준영	네에.

종숙, 나간다. 준영, 들어간다.

사이.

은정, 뛰어온다.

은정   엄마! 엄마, 어디 있어?

영선, 나온다.

영선   어머니 하우스 가셨어요.

은정   아, 그래요? 참! 간밤에 할머니 또 집 나가셨다면서요?

영선   네에.

은정   어디서 찾았어요? (평상에 앉는다)

영선   아랫동네 배회하시는 걸 이장님이 모시고 오셨어요.

은정   이장님 아니었음 큰일 날 뻔했네요.

영선   근데, 어머님은 왜 찾으세요?

은정   중요한 일은 아니에요. 가면서 하우스 들리면 돼요.

영선   금방 들어오신댔어요.

은정   저어… 언니. 뭐 하나 물어봐도 돼요?

영선   물어보세요.

은정   일부러 시집살이를 왜 해요? 처음부터 같이 산 것도
          아니고….

영선   일부러요?! (언짢은 듯) 아버님 안 계시고 어머님도 힘

드시니까 오빠가 고민을 많이 했어요. 그래서 제가 먼저 이사 가자고 했어요.

은정   에잇 (손사래 치며) 그런 형식적인 거 말구요. 솔직하게….

영선   뭘 더 솔직하게 말하란 건지.

은정   (의심스럽다는 듯이) 언니도 가만히 보면… (비웃듯) 흠, 아니에요.

영선   하고 싶은 말 다하세요. 지난번 병원에서도 그렇고….

은정   솔직히 오빠나 언니, 아버지 돌아가시니까 재산을 염두 한 거 아니에요?

영선   (화를 내며) 아가씨! 어떻게 그런!

은정   이사 온 시점이 딱 그렇잖아요.

영선   다 아가씨 같은 줄 아세요?

은정   말이 지나치시네. 보편적으로 누구나 저랑 같은 생각일 걸요. (비웃는다)

영선   가족 일에 보편적인 게 말이 되나요?

은정   그럼, 사람 일에 보편적인 게 답인 거죠.

영선   아가씨가 어떻게 생각하든 상관없어요. 그렇지만 그게 옳은 것만은 아니에요.

은정   아니면 아니지 뭘 그리 발끈해선….

영선   저도 엄연히 손윗사람인데 말조심 해주세요.

은정   진짜 어이없네. 어른들 앞에선 착한 척은 다 하더니…

나 참,

영선   저한테 무슨 불만이 있으면 그 부분만 언급하세요. 괜한 억지 부리지 마시구요.

은정   네네, (혼자말로) 잘났어 정말.

영선   오빠한테는 이런 말 마세요!

은정   그건 제가 판단할게요!

영선   (큰소리로) 아가씨!

은정   (펄쩍 뛰며) 깜짝이야!

종숙, 들어온다. 은정, 과하게 종숙을 반긴다.

종숙   (영선의 얼굴을 살피며) 둘이 싸웠어?

은정   싸우긴 뭘 싸워.

영선   ….

은정   엄마아 아! (안으려 한다) 우리 김종숙 여사님!

종숙   (영선의 표정을 살피며) 넌 왜 뻔질나게 드나들어!

은정   내 집에 오는데 왜에.

종숙   여기가 왜 네 집이야! 준이 어멈 집이지.

은정   (흘깃하며) 언닌 좋겠어요. 엄마가 집도 주시고.

영선   아가씨! (어이없듯)

은정   (종숙의 팔짱을 끼며) 그럼 난 뭐 줄 거야?

종숙   주긴 뭘 줘! 왜 왔어! (언성을 높이며)

은정	두 분 다 기차 화통을 드셨나? 없는 애도 떨어지겠네. 엄마~ 나… (영선을 힐긋 보며) 돈, 좀….
종숙	네 서방한테 달라고 하지 왜 여기 와서 졸라!
은정	뭐, 내가 필요해선가! 엄마 사위가 잠깐 돈이 묶여서… (영선을 보며) 언닌 하시던 일 계속 하세요.
종숙	너나 얼른 가!
은정	아이참, 맨날 가라고만 해!
영선	어머니, 전 부엌일 하다가 나와서요.
종숙	그래. 대충 하고 아범이랑 아이들 잘 때 너도 눈 좀 붙이거라.

영선, 들어간다.

은정	엄마가 보기엔 언니가 착해 보여?
종숙	그럼,
은정	(끄덕이며) 그렇구나.
종숙	줄 돈 없으니 얼른 가봐.
은정	법적으로 하면 나도 오빠랑 똑같은 권리가 있어.
종숙	(등을 때린다) 이놈의 가스나가! 지난번부터 자꾸.
은정	아야! 그만 때려!
종숙	네 언니한테도 쓸데없는 소리 한 건 아니지?
은정	왜? 하면 안 되나?

종숙	그래도! (때린다)
은정	아야! 재산 챙기려고 이사 왔냐고 물었다. 왜!
종숙	이놈의 주둥이를…. (입을 잡는다)
은정	(손을 떼어내며) 아파! 다들 솔직하지를 못해!
종숙	네 오빠 일어나겠다. 빨리 안 가!
은정	아이 씨! 가면 될 거 아니야! (투덜거린다)
종숙	이 철딱서니를 어찌하면 좋을고….
은정	(나가다 뒤돌아서) 나도 오빠랑 같은 권리가 있어.
종숙	(신발 한쪽을 던지며) 이놈의 가스나가!
은정	(피하며) 언니의 또 다른 면이 있단 것도 모르지?
종숙	귀신 씨나락 까먹는 소리 말고 얼른 가!
은정	(놀리듯 웃으며) 또 올게 엄마!
종숙	(신발을 주우러 가며) 휴우~ 관세음보살….

은정, 쫓기듯 툴툴거리며 나간다. 종숙, 영선을 부른다.

종숙	준이 어미야. 어멈아! (평상에 앉으며)
영선	(들어온다) 네에, 어머님….
종숙	저것이 나이만 먹었지 아직 철이 없다. 내가 잘못 키웠어.
영선	무슨?
종숙	속상했지? 내가 미안하다. 한 귀로 듣고 흘려버리렴.

영선   네에. 아가씨도 악의 없이 했을 거라 여겨요.

종숙   그래. 네 마음이 비단결이다.

영선   준이아빠한테 속없는 얘기 할까봐 걱정이에요.

종숙   지 오빠한테 맞기밖에 더 하겠어.

영선   ….

종숙   (영선의 손을 잡으며) 내 며느리로 곁에 와줘서 고맙다. 옛
         날 말에 시어머니가 맏며느리는 낳는다고 했어. 그러
         니 넌 네 자식이야. (등을 토닥인다)

영선   저도 어머님이 계셔서 의지되고 좋아요.

종숙   고맙다. (흐뭇해한다) 내가 어렸을 적에 옆집에서 양잠농
         사를 지었는데….

영선   (갸우뚱 거리며) 양잠이 뭐예요?

종숙   으응. 누에 알지?

영선   네에. 번데기… 흰색 애벌레요. (웃는다)

종숙   (웃으며) 그래. 누에를 키우는 것을 양잠이라고 한단다.

영선   아아.

종숙   너를 보고 있으니 그 누에가 생각나는구나.

영선   왜요?

종숙   착한 내 새끼. (머리를 쓰다듬으며)

영선   (쑥스러워하며) ….

종숙   너는 새로운 둥지를 만들어 예쁘고 자유롭게 살아가렴.

영선   어머님과 살며 좀 더 배워서요.

종숙   부모 없이 자랐어도 어찌 이리 바른지.

영선   늘 곱게 봐주셔서 감사해요.

종숙   (흐뭇해하며) 준이 학교 보내려면 공부도 가르쳐야 하니 내년이나 후년엔 다시 분가를 하도록 해라.

영선   (의아해하며) 갑자기 무슨 말씀이세요.

종숙   이미 아범이랑은 얘기를 했단다. 둘이서 잘 의논해 보거라.

영선   준이 학교 가려면 아직 3년이나 있어야 해요.

종숙   응. 미리 의논해 두는 것도 나쁘지 않으니.

영선   네에.

준영, 방에서 나온다.

종숙   좀 더 자지 않고선.

준영   회사에서 연락이 와서요.

영선   왜요?

준영   회사에 잠깐 가봐야 할 것 같아.

종숙   다 저녁에 회사는 왜?

준영   급하게 처리할 일이 있어서요. 다녀올게요.

종숙   차 조심해라.

준영   네에.

영선   저녁은 집에 와서 드실 거죠?

준영   응. 갔다 올게.

영선   운전 조심하세요.

준영, 나간다. 종숙과 영선, 집안을 둘러본다.

종숙   북적북적하던 집이 이젠 고요하구나.

영선   앞으론 준이와 솔이가 온 집안을 시끄럽게 하겠죠?

종숙   애들 건강하게 자라서 뛰어노는 모습 보며 웃고 살자.

영선   네에.

종숙, 국화 화분을 지긋하게 바라본다.

종숙   국화가 다른 해보다 더 풍성하고 곱구나.

영선   너무 예뻐요.

종숙   내년 봄엔 철쭉도 곱게 피겠지?!

영선   그럴 거예요.

종숙   할머니가 저 철쭉 화분을 좋아하셨단다.

영선   그래요?

종숙   더 이상 나빠지지 않아야 할 텐데 걱정이다.

영선   봄에 철쭉이 피면 할머니 좋아하시는 모습 보고 싶네요.

종숙   기억이나 하실지….

영선, 수돗가로 다가가 화분을 살핀다.

영선　　봄에 꽃이 곱게 피도록 제가 잘 가꿔 볼게요.

종숙　　그래라. 얼어서 죽은 것 같다가도 봄이면 살아나니….

영선　　강인한 것 같아요.

종숙　　할머니도 정신줄 잘 잡고 계셔야 할 텐데….

영선　　최근엔 증상이 조금씩 느려지는 것 같아요.

종숙　　그런 것도 같구나.

영선　　식사도 잘 드세요.

종숙　　네가 고생이 많다. 고맙다.

영선　　…. (미소 짓는다)

종숙　　참, 그리고 보니 내 강아지들이 오래도 자는구나.

영선　　세 시간이 넘었는데도 안 일어나네요.

종숙　　애들 일어나기 전에 우리도 좀 쉬자꾸나.

영선　　네에.

종숙과 영선, 함께 나간다.

암전.

에필로그

봉자, 나온다. 수돗가로 가서 철쭉을 살핀다.

봉자   우리 막둥이 잘 데리고 있지요? 지금 와 생각하니 당신이 막둥이와 함께 가서 다행스럽기도 하네요. 큰아들도 만났죠? 세월이 지나서 못 알아보지는 않겠지… 교통사고라 모습이 일그러져 갔으니 당신이 치료해 주세요. 남편에 자식 둘까지 잡아먹은 당신 여동생 분임을 생각하면 원수가 따로 없지만, 그날 함께 연탄가스를 마셔서 평생을 우리 막둥이처럼 살다가 얼마 전에 올라갔으니 찾아보세요. 살려두긴 했어도 정신이 온전했으면 오빠와 조카를 죽게 했다는 생각에 제정신으로 살 수가 없었겠지. 악의 없는 일이라 하늘도 가여웠는지 어린애로 살게 했나 보다. 그래도 분임이 덕에 한을 풀고 살았다. 개똥도 약에 쓸려면 없다더니, 분임이마저 가고 없으니 할 일을 다 마친 것 같다. 내 팔자를 며느리한테 되물림한 것 같아 마음이 아프다. 그래도 나처럼 젊은 나이에 과부가 되지 않아서 다행이다. 이젠 그저 자는 잠에 고요히 가고 싶다. 남편과 자식들과 분임이 있는 곳으로….

사이.

봉자, 두리번거린다.

봉자   분임아! (더 큰소리로) 분임아! 연탄불 안 보고 어디 쳐
박혀 있어. 밥만 축내는 식충이 같은 년! 분임아!

암전.

뿔난 가족

김기열
멘토 김성희

등장인물

수호 (30대 중반 남성)
신애 (30대 중반 여성)
희수 (10대 중반 여성)

수호의 집, 객석을 등진 소파에 신애가 앉아 무대 후면에 설치된 문을 보고 있다.

수호 (음성만) 이 질병은 전염성이 강합니다.

신애 희수야! 여덟시야. 학교 가야지!

수호 감염이 진행되면 적게는 2시간에서 많게는 24시간 이내에.

신애 벌써 늦었어. 교복은 입었니?

수호 혀가 굳고… 피가 몸에서 완전히 증발합니다.

신애 이놈의 기집애가 왜 이렇게 말을 안 들어먹니?

수호 신체의 각종 부위에서는 6에서 15cm 정도의 돌기가 돋아나는데요.

희수 좀만 있다가 나갈게요! 나 화장실이야.

수호 가장 흔한 부위는 머리 위쪽… 뿔이라고도 불리죠.

신애 아빠가 브리핑 끝내고 집에 들른다고 했단 말이야. 마주칠래?

수호 전염을 막기 위해서는 감염자를 발견하는 즉시 격리해야 합니다.

희수 일요일이잖아! 막상 가도 자습인데, 오늘은 집에서 하면 안 돼요?

수호 돌기 상태일 때 잘라내는 것이 알려진 유일한 치료법입니다. 석화가 완료된 뒤라도, 전염을 막기 위해선 필

수적으로 제거를….

신애 얘가 오늘따라 왜 이런데? 엄마랑 아빠 또 싸우는 꼴 보고 싶어?

수호 너무 늦은 발견으로 수술이 가능한 경우가 아니라면.

희수 아 엄마, 나 나가기 싫은데. 싸우는 거야, 별일 없어도 매일 그러면서.

수호 소각해야 합니다. 그것은 친구도 형제도, 자식도 아니며.

신애 이번 달에만 학교를 몇 번 빼먹니?

수호 소중한 시민 여러분의 목숨을 위협하는 바이러스 감염체일 뿐입니다.

희수 야자만 몇 번 안 갔어요! 나갈 거니까 십초만, 십초만 기다려줘요.

수호 수 시간 만에 뇌까지 장악하여 극단적인 폭력성과 정신착란을 일으키며.

신애 십… 구… 아니 얘가 왜 이런데?

수호 그것들이 흩뿌리는 비말과 각질에 조금이라도 노출되어도.

희수 십초 세라고!

수호 최우선적인 해결책은 신고의 일상화와 빠른 포획.

신애 (일어서며) 뭔 일 있는 거 맞지?

수호 소각장의 상시가동, 즉 박멸만이 이 사태를 해결할 수 있습니다.

희수   (흐느끼는 소리)

신애는 문으로 다가가 문고리를 돌린다. 그녀는 반쯤 열린 안을 보고 멈춘다.

신애   시작된 거야?

희수   (울먹이며) 엄마, 나 머리가 가려워.

신애   괜찮아, 희수야.

사이. 흐느낌이 사라진다. 신애는 아무렇지 않게 문을 닫는다. 그녀는 소파로 돌아와 가장자리에 앉는다. 수호가 무대 후면의 같은 문으로 입장한다.

신애   다녀오셨어요? 오늘은 일찍 퇴근하셨네요.

수호   (양복 외투를 소파로 던지고) 아니, 이따 또 인터뷰 잡혔어. 하, 생방송은 적응이 안 돼!

신애   카메라 잘 받던데요.

수호   중요한 건 메시지야. 그것들에 대한 선제타격!

신애   대장 자리가 코앞이니까 세상이 달라 보이죠?

수호   비아냥대기는 (닫힌 문을 보고) 잠깐만, 희수 또 학교 안 갔어?

신애   냅둬요. 사춘기라서 그러겠지.

수호   (한숨을 쉬고 소파에 앉는다) 자식 교육을 잘못 시켰어.

신애   도와준 건 있나 뭐.

수호   학원 네 개 끊어줬잖아.

신애   거기서 예절은 안 가르쳐요.

수호   (셔츠를 풀어헤치고 신애에게 손을 뻗지만 그녀는 몸을 움츠린다) 예절 학원을 하나 더 다닐까?

신애   희수한테 직접 물어보세요.

수호   (신애의 어깨에 부자연스럽게 팔을 감는다) 한번 뒤쳐지면 계속 뒤쳐져, 애가 누굴 닮아서.

신애   (무덤덤하게) 우릴 닮지는 않았겠죠. 둘 모두 수능 만점자였으니.

수호   (하품하며) 애가 의사 안 되려고 그러나? 아휴 집안 망했다.

신애   희수까지 의사 만들면 사 대째죠? 참 욕심도 많다.

수호   배부른 소리 하긴. (배를 긁으며) 딸 키우기 이렇게 힘들어서야.

신애   (강조하며) 당신은. 정말, 아무것도 하지 않았어요.

사이. 수호는 그녀에게로 더 가까이 파고든다. 신애는 움직이지 않는다.

수호　주름살 관리 좀 하지 그래. 돈이 부족해?

신애　생기는 이유가 있질 않겠어요?

수호　하긴, 요즘 집 밖에 나가면 안 되니까.

신애　희수 아빠는 참 열심히도 돌아다니던데요.

수호　난 일하잖아.

신애　일? 그 일에 여자 일도 포함되나요.

수호　(팔을 거두며) 아 왜 이래 귀찮게. 집에선 좀 쉬자.

신애　당신에겐, 집이 너무 많아요.

수호　무슨 소리인지 모르겠다.

신애　매번 팬티는 거꾸로 뒤집어서 입고 오고.

수호　(딴청을 피운다)

신애　호주머니엔 머리끈에, 손수건에.

수호　야 박희수! 안 나와?

신애　그 기자랑 잤죠?

수호　(소파에 파묻히며) 허, 못하는 소리가 없어.

신애　손수건에 이니셜이 있었어요.

수호　박희수! 아빠가 부르잖아!

신애　뉴스 댓글 창에서 뭐라고 하는지 알아요?

수호　그깟 하찮은 스캔들은 내 주가를 올린다고. (사이) 야, 전부 대의를 위한 일이야. 나 믿지?

신애　그 대의에 누가 포함되어 있는지 궁금하네요.

수호　나 없었어봐, 지금 이 주위는 전부 그것들 세상이 되었을 걸?

신애   (사이. 문을 돌아보고는, 수호의 손을 잡는다) 밖에 상황은 어때요?

수호   생지옥이지.

신애   오늘 확진자 수 봤어요.

수호   하여튼 영세민들이 문제야. 불결하고 나약한 것들.

신애   거기 또 집단 감염이 일어났죠?

수호   지들끼리 물고 뜯고 난리 났어. 결국 장병들까지 호출했지.

신애   태웠어요?

수호   애초부터 다 소각했어야 했어. 터진 곳부터 확실하게 막고, 소독했어야지. 그 인간들이 하는 게 뭐가 있어? 정부 돈 파먹고 살면서 못 살겠다 아우성.

신애   (수호의 손을 자신의 얼굴로 끌어온다) 그 사람들도 사정이 있을 거예요.

수호   만약 내가 이 사태 끝나고, 한 자리 먹잖아? 거기부터 확 쓸어버리겠어.

신애   (수호의 손등에 자신의 볼을 비비며) 위험 발언이네요.

수호   내 말에 동의하는 사람들 많아. (흥분하며) 인권이니 뭐니 싸고돌아서 감염병 퍼뜨리는 새끼들보단, 현실적인 유용성에 중점을 두니깐. 진작에 이랬어야 했다니까? 사상이 의심되는 족속들 때문에… 그때 생각하면 뒷목 잡고 쓰러질 지경이다.

신애   (수호의 손가락을 세워 입술에 대며) 9시 뉴스에 한번 그렇게 말해 봐요.

수호   비슷하게 말한 것 같은데? 최대한으로 박멸해버려야 한다고. (웃음)

신애가 수호의 손을 장난스럽게 깨문다. 수호가 반사적으로 손을 빼자, 무대 후면의 문에서 신음 소리가 들려온다.

수호   (문과 신애를 연달아 보고는) 누가 강아지 새끼라도 버려뒀나.

신애   우는 소리 같은데요.

수호   (손을 털며) 요즘 눈물 없는 사람이 어디 있겠어. 아들딸 잃은 부모가 사방에 널렸는데.

신애   (사이. 가만히 수호를 바라본다. 문 안에서 무언가를 뜯는 소리가 시작된다)

수호   허참, 시끄러워 죽겠네. 이거 민원 넣어야 하나?

신애   소용없어요. (미소 지으며) 잘 들어주는 수밖에 없죠.

수호   (코웃음) 내기할까? 내 전화 한 통이면 구청장까지 호출이다.

신애   얼마나 더 많은 사람을 잡아먹으려고?

수호   어디 보자… 이거 집에서 나는 소리 같은데?

신애	그럴 수도 있겠죠. 눈물 흘릴 사람이 많잖아요.
수호	희수 방에서 나는 소리 아니야?

문에서 쇠붙이가 떨어지는 소리. 신음소리가 잠시 멈춘다.

수호	야 박희수? 뭔 일 있어?
신애	가봐요, 무슨 일인지.
수호	그걸 왜 나한테 시켜?
신애	우리 둘 말고 쥐새끼 한 마리 없는데요.
수호	뭔가 이상한데. 걱정되게 왜 그래.
신애	아, 셋인가요?
수호	박희수! 아빠 진지하니까 밖으로 나와봐.

문에서 무언가를 뜯는 소리.

신애	직접 문 열어보지 그래요?
수호	너 뭔가 숨기고 있지?
신애	희수야 나와볼래?
수호	나오라고 박희수. 내가 가리?

문에서 무언가를 더 강하고 빠르게 뜯는 소리.

신애   공사 중인가 보네요.

수호   (답답한 말투로) 나오라고. 아빠가 말을 하면 좀 들어라.

신애   (희수를 부르는 수호를 바라보며 비웃으며) 겁은 많아서 열어
       보지는 못하고.

수호   (신애를 보며) 너, 이따 봐. (벨트를 풀어 던지며) 문 부순다?

       문이 열린다. 희수가 문 뒤에 숨어 있다가, 천천히 등장한다.
       머리에는 한 쌍의 뿔이 나있다.

수호   아? (사이. 신애 뒤에 숨으며) 뭐… 뭐야 이거?

신애   뭐긴요, 당신 딸이죠.

수호   (극도로 놀란 상태로 말을 더듬으며) 이… 이거 어떻게 된
       거야.

신애   이거?

수호   (희수에게) 너, 너 누구야!

신애   누구긴요, 몰라보겠어요? 저 코, 입술, 약간 찢기긴 했
       어도 희수에요.

수호   그것이잖아!!! 야! 들어가! 들어가라고!

신애   나오라고 한 건 언제고 또 들어가래. (손짓하고) 괜찮아
       희수야, 일루와.

수호   지금 뭐하는 거야. 저건 감염체라고!

신애   아니, 우리 딸이에요.

219

수호   내 딸? (신애에게) 너 희수 어쨌어?

신애   희수 여기 있어요. 바로 저기.

수호   뭐라는… 하 생각 좀 하자 생각 좀. 으아아아.

신애   (비웃으며) 아빠 맞아?

수호   (머리를 쥐어뜯으며) 입 닥치고 있어. 넌 씨, 엄마가 돼놓
      고는…

신애   희수는 엄마를 더 좋아하던데.

수호   자, 잠깐, 잠깐만! 야, 너 접촉한 적 있어?

신애   접촉했을까, 안 했을까. 딸하고 접촉도 못해요?

수호   제정신이야? 감염 예방 수칙 몰라?

신애   일, 손 씻기는 꼼꼼히. 이, 외출할 때는 마스크….

수호   닥치고! 내 마스크랑 가방 가져와.

신애   (일어나며) 필요하다면 챙겨드리죠.

수호   (신애에게) 너도 마스크 쓰고! KF94로!

희수   (문틈에 선 채 앞으로 나아가지도 뒤로 가지도 못하고 있다)

수호   아니야, 이거 너무 엉성한데?

신애   (비웃음)

수호   (웃으며) 수없이 봐온 감염체인데, 이것도 모를까봐? 내
      눈을 속이려고?

희수   (작은 목소리로) 아빠….

수호   봐! 말도 하잖아. 저 정도 지났으면, 혀도 석화됐어야
      했어. 멀쩡하잖아.

희수	나 희수 맞아요….
수호	장난치고는 너무 심한 거 아니야? 시국이 이런데.
신애	(의료 가방을 가지고 나오며) 또 지랄 났네.
수호	뭐야 반응이 왜 그래? 아 조금 더 재미있게 놀라줬어 야 했나?
희수	기분이… 몸이 이상해요.
수호	오늘 뭔 날이야? 결혼기념일? 아닌데… 누구 생일인가?
신애	(마스크와 장갑을 착용하며) 무관심의 극치구만.
수호	지금쯤 저기서 선물이 나와야… 왜 다들 조용해?
신애	(가방 내밀며) 직접 장갑 끼고, 보호 장구 입고, 가서 확 인해 봐요.
수호	어….
신애	어서. 희수 너는 입 막고 서 있고. 비말이랑 각질, 알지?
수호	… 야, 줘봐. 이 몸이 겁먹을 것 같아?
신애	오 웬일로 책임감은 있네요. 위기감인지는 모르겠지만.
수호	내가 여기까지 어떻게 왔는데….

수호는 옷을 입지만 미숙하다. 신애가 도와준다.

수호	(희수에게) 너 딱 있어. 입 열거나 몸 털기만 해봐.

희수가 눈을 깜빡인다.

수호	눈 깜빡이는 것도 위험하다고! (희수를 향해 뒤뚱거리며) 옷은 또 왜 이렇게 작아. 제대로 입은 거 맞아?
신애	그야 당신이 더 잘 알지 않겠어요?

수호는 옷 입기를 마치고, 잔뜩 경계하며 희수에게 다가가 신체를 도구들로 검사한다. 그의 얼굴 표정이 갈수록 굳어진다.

수호	… 망했다.
신애	어때요, 맞죠? 그것.
수호	(우스꽝스럽게 기어서 돌아오며) 꼭 잘 풀린다 싶으면 일이 하나씩 터져.
신애	딸이 전염되어버렸네. 그리 싫어하는 누구들처럼.
수호	… 어제 여론 조사에서 내가 야권 1위 먹었는데.
신애	정권 교체, 적폐 청산. 다 물거품이 되겠네요?
수호	(주위를 둘러보며 일어선다) 커튼 내려! 전자기구 다 끄고.
신애	이건 하찮은 스캔들의 범위를 넘어가나?
수호	(집안 사물을 살피며) 꼬투리 하나만 잡혀도 순식간이야.
신애	월스트리트에서도 주목하는 세계 최고의 전염병 전문가 박수호의 딸, 감염되다. 신문 헤드라인으로 딱이네요.

희수는 참지 못하고 다시 흐느끼기 시작한다. 온몸을 사시나

무처럼 떨고 있다.

신애 우선 애부터 앉히지 그래요? 아까부터 저 자세로 있었
      는데, 다리 아프겠다.

수호 애? 저게 애라고 생각해?

신애 우리 딸 박희수. 기쁠 희에 기쁠 수. 아니면 뭔데요?

수호 뭐긴 뭐야, 매우 위험하고 치명적인.

신애 우리 딸이죠.

수호 말싸움 할 시간 없어. 당장이라도 수술 들어가야 해.

신애 이미 늦었다는 것, 알죠?

수호 그래도 뭐라도 해봐야 될 거 아니야!

신애 희수야 겁먹지 말고 여기로 와 (사이) 아빠가 겁먹어서
      그래.

수호 그놈의 희수 소리 좀 그만해! 저건 그것이야, 희수가
      아닌.

신애 이제는 딸까지 버리려고 그래요?

수호 딸? 내게는 뿔 없는 딸밖에 없어.

희수 (울먹이면서) 아빠….

수호 저게 또 말을 하네?

신애 (비꼬며) 전문가님 말씀하곤 다르네요?

수호 (아래턱을 잡고 생각하더니) 돌연변이일까?

신애 폼 잡기는.

수호   바이러스는 변수가 많아. 너도 알잖아.

신애   미생물학 내려놓은 지 십년이에요. 지금은 평범한 주부죠.

수호   (가방을 열고 뒤적이며 과장되게) 원래 여자는 너무 똑똑하면 안 돼.

신애   이제 그런 말 듣고 가만있을 여자는 없어요.

수호   (메스를 든다) 여론조사 그래프는 그대로던데? (미소 지으며) 자, 난 살아야 해. 우리 가족도 살아야 하고. 해야지, 긴급 수술?

희수의 겁먹은 울음소리.

수호   저것들 지금은 약한 척, 슬픈 척하지만 언제라도 돌변해.

신애   정말 약하고 슬픈 사람을 본 적이 없나 봐요.

수호   (거들먹거리며) 정의의 칼솜씨를 볼 기회야. 눈여겨보라고.

신애   당신 애에요.

수호   응?

신애   딸이라고, 칼 겨누고 있는 상대가.

수호   아까부터 자꾸 이상한 소리 하네?

신애   우리 딸을 딸이라고 하는데 무슨 문제 있나요.

수호   진심이야?

신애   여기 우리 가족 말고는 없어요.

희수   엄마… 도와주세요.

수호   (동시에 얼굴 가리며) 오, 위험했다. 야! 말하지 말라니까? (신애를 보며) 이 일촉즉발의 상황에 헛소리만 지껄이고 있어야겠어?

신애   뭘 할 건데요.

수호   우선 위험도부터 제거하기 위해서, 이빨부터 다 뽑아야 해.

신애   애 이빨을 뽑자구요?

수호   그놈의 애, 애, 이젠 거슬리려고 하네.

신애   … 희수 유치 직접 뽑아준 거 기억나요? 실에 묶어서.

수호   감상적인 여자의 본성 또 나왔다.

신애   (강한 어조로) 제발, 희수 아빠 이런 사람 아니잖아.

수호   야, 조수 안 해줄 거면, 입 닫고 저 방에 셀프 격리나 하고 있어.

신애   정말 많이 변했네요.

수호   하는 거라곤 집에서 애보는 것뿐이면서, 이거 하나 제대로 간수 못 해요? (메스를 세워 뿔 길이를 재보며) 이 지경이 될 때까지 뭘 한 거야. 누워서 잡지 보기? 손톱 정리하기?

신애   … 역겨운 인간.

수호   아! 집게랑 드라이버도 필요하겠다. 실톱도 몇 개 꺼내야지.

수호는 가방에서 온갖 기구들을 꺼내 나열한다.

희수	(더듬거리며) 아빠, 저 맞아요. 희수. 나 괴물 아니에요.
신애	애가 말하는 거라도 들어요. 저렇게나 간절하게 말하고 있잖아요.
수호	이런, 괴물이 발광을 하기 시작했어.
희수	(울먹이며) 아빠 딸 맞다고요. 나 너무 무서워요.
신애	희수야, 조금만 참아. 엄마가 잘 얘기해볼게.
희수	살려줘요, 나 죽기 싫어요.
수호	속지 마. 숙주 흉내를 내고 있는 거야. 속아 넘어가는 순간, 이빨을 열고 콱!
신애	… 이제 딸도 못 알아보는구나.
희수	엄마, 아빠 좀 막아줘요. 너무 무섭고 어지러워요.
수호	어디부터 잘라야 잘 잘랐다고 소문이 날까.
신애	곧 나도 못 알아보겠네?
희수	아빠한테 잘못한 게 많아요. 학원도 자꾸 빼먹었고, 하루에 두 번이나 화장실 갔어요. 이젠 안 그럴게요.
신애	(사이) 감염된 건, 네가 아닐까.
수호	(과장된 연기 톤으로) 흉측한 괴물이여, 분노의 심판을 받아라!

수호는 메스를 든다. 딸의 머리로 찔러 넣으려는 순간, 신애가 딸의 목에 주사기를 꽂는다. 딸은 쓰러진다.

수호   아? (매우 화난 목소리로) 이게 뭐하는 짓이야!

신애   마취했죠.

수호   마취 같은 건 필요 없어!

신애   마취도 안 하고 하는 수술이 어디 있어요?

수호   전염병은 속도가 생명이야. 마취하고 안하고가 뭔 소용이냐?

신애   마취도 안 하고 이빨을 뽑고 신경조직을 자른다고요?

수호   저것들엔 마취약도 아까워!

신애   저리 비켜 봐요.

수호   어?

신애는 틈을 비집고 들어가 쓰러진 딸을 들어 안는다.

수호   아니 아니 그걸 만지면….

신애   장갑 꼈어요. 옷은 태울 거고.

수호   가까이 오지 마!

신애   가까이 안 가요. 제가 갈 곳은 저기니.

신애는 딸이 있던 문으로 가서, 그곳에 그녀를 내려놓고 문을 잠근다. 수호에게 열쇠를 들어보인다.

수호 세상에. 너 뭔 짓하고 있는지는 알아?

신애 열쇠 갖기 싫어요?

수호 이건 구속감이야! 감염병예방법 특례 제 2조 2항에 따
      르면.

신애 감염체를 숨기거나 비호하는 자는 구상권 청구 및
      구속 수사를.

수호 (강조하며) 원칙으로 한다.

신애 공범 되긴 싫죠?

수호 당장 신고할 거야!

신애 하세요. 경찰보단 기자들이 먼저 몰려올 걸요.

수호 ….

신애 (주머니에 열쇠를 집어넣으며) 옳지, 말 잘 듣는다. 10년만
      인 거 같은데?

수호 원하는 게 뭐야?

신애 가족회의. 우리 정상적인 대화를 한 지 엄청 오래 지났
      잖아요.

수호 대화는 충분히 했어.

신애 혼자만의 생각이죠. (사이. 문을 보며) 조금 더 이성적인
      선택을 해야지.

수호 여자가 이성이라는 말을 입에 담을 수도 있나?

신애	이제 당신 입에서 나오는 말은 웃기지도 않다.
수호	지금 사태만 봐도 넌 무척 감정적이야. 조금만 시간 지나봐, 저 문에서 그것이 튀어나와서 목을….
신애	그것이 아니라고 몇 번 말해요. 우리 딸이라고요. 너와 나 사이에서 나온.
수호	미쳤군, 완전히 미쳤어.
신애	인정을 못하겠어요? 두 눈으로 봤는데도?
수호	내 두 눈으로 봤기에 인정을 못하겠다. 어쩔래?
신애	딸을 처음 안았을 때가 기억나요?
수호	저 문을 깨부수고 나오면, 다음은 현관문일 거야. 이 아파트 동 사람들을 초토화시키고, 다음은.
신애	웃었잖아요. 그때. 야근하다 머리도 안 빗고 뛰쳐 나와서, 의사 가운차림으로.
수호	근방 5km 아니, 이걸 따지는 게 의미가 있나? 이 주변은 죄다 감염이 될 거라고. 사방이 피바다로 변할 거야.
신애	정말 기억이 안 나요? 만나고, 결혼하고, 희수 낳을 때까지의 일.

수호는 희수가 있는 방 문고리를 돌리며 들어가려고 한다. 열리지 않자 그는 각종 도구들을 활용하지만 꿈쩍도 하지 않는다.

수호	염병할! 어떤 놈이 문을 이렇게 튼튼하게 만들었어.
신애	착공사에 부탁해서 직접 내부 인테리어를 설계했죠. 그 문 페인트도 같이 칠했어요. (짧은 사이) 예쁜 신혼집이었죠.
수호	내 인생은 감염병 이후만 있어! 나머진….
신애	그 전에는 뭐가 있었죠?
수호	(문을 치며) 몰라! 모른다고! 다 잊어, 어?
신애	… 전 이 일이 가족 관계 회복을 위한 기회라고 생각해요.
수호	(헛웃음) 뭐? 기회? 제정신이 아니네. 우리에겐 아무런 문제도 없어. 평화롭고, 또 아주 행복해.
신애	진심으로 그렇다고 생각해요?
수호	(손을 뻗으며) 망할 열쇠나 내놔.
신애	대화에 진척이 있어야 드리죠.
수호	설령 문제가 있더라도, 그 문제를 만들고 있는 건 너야.
신애	… 모든 걸 제 탓으로 넘겨버리면 마음이 편해요?
수호	회복을 바래? 열쇠를 넘겨주고, 저 괴물의 뿔을 잘라내 소각하면 그게 바로 회복이야.
신애	어디부터 시작해야 할지 모르겠네.
수호	가정? 순진한 소리하네. (문을 차며) 내 집을 지키려면, 강해야 해. 누구보다 가진 아파트도 많고!
신애	부모가 죽은 건 기억나요?

수호   가진 쫄따구들도 많고!

신애   우리 결혼을 반대했죠. 창창한 나이에 속도위반으로 세상물정 모르는 학생을 데려오다니.

수호   가진 여자들도… 많아야 해.

신애   이제 말하는데요, 그날 프로포폴 용량을 늘려둔 건 저였어요.

수호   … 프로포폴?

신애   천박한 가난뱅이는 아들 삶에서 격리시켜야 한다고 난리를… 사람 무시한 대가를 치룬 거죠. 노인네들 결혼기념날.

수호   이제 알겠네, 그날이 오늘이었구나? (웃음) 단지 둘이 쉬고 싶었던 거야. 그게 너무 편안해서, 깨어나질 않길 선택한 거고.

신애   너무 자주 맞긴 했는데, 갑자기 훅 가버릴 이유는 없잖아요? 이미 알고 있지 않았어요? 더 좋아한 건 너잖아?

수호   아무것도 모르면서 다 아는 것처럼 말하지 마.

신애   저도 그 대가를 치렀죠. 홀로 남은 제 어머니도 그렇게 가실지는… 이 질병의 초기 희생자였죠. 그때 이후로 당신은 더욱 이 일에 빠졌고.

수호   너 감염체지?

신애   또 그 소리.

수호   분명해. 사람을 현혹시키고, 심지어 감염체까지 동정

하잖아. (짧은 사이, 메스를 들고) 네가 감염체도 아닌데
왜 그것들을 옹호하고 보호해?

신애 네, 저 감염체 맞아요. 됐어요?

수호 하, 이제야 실토를 하는구만!

신애 딸처럼 제 이빨도 모두 뽑을 건가요?

수호 당연하지, 수술은 내 의무.

신애 차라리 모두가 그것이 되어버리면 좋겠어. (짧은 사이)
우리들의 뿔은 참 아름답겠지?

수호 지금이라도 수술하면 늦지 않았어. 넌 아직 뿔이 안 났
잖아?

수호가 메스를 들고 신애에게 다가가자, 신애 역시 널려있던
메스를 잡아들고 대치한다.

수호 이리와, 널 편안하게 해줄게.

신애 메스, 오랜만에 잡아본다.

수호 (무언가에 홀린 듯이) 당연한 행동을 하는 거야. 감염을 막
기 위한 위대한 희생정신! 비정상을 멈추고 정상으로
돌아가기 위한!

신애 희생?

수호 난 모든 젊음을 여기 바쳤어. 이것만, 이것만 이 세상
에서 지워버리면 (떨리는 목소리로) 쌓아온 모든 삶과 노

력이 보상 받을 수 있어.

신애 　　젊음이라, 당신만 사라진 것 같죠?

수호 　　난 내 가정과, 사회와, 세상을 지켜야 해.

신애 　　이거 하나만 기억해. 모든 원인은 너야. 딸이 이렇게
　　　　된 것도, 모두 다 네 잘못이야. 알겠어?

수호 　　어, 어딜 나한테 덮어씌워? 내가 너랑 같아?

사이. 문 안에서 힘없는 희수의 신음이 흘러나온다.

신애 　　(문을 보고) 그래 희수야! 엄마 여기 있어. 마취해서 그
　　　　래. 못 움직이겠지? (수호에게) 희수 일어났나 봐요. 의
　　　　식은 있나본데, 이제 직접 말해보시죠?

수호 　　(메스를 겨누며 더 가까이 다가가며) 자꾸 뭘!

신애 　　미안하다고, 앞으로는 가족 노릇 잘 하겠다고. 어려워
　　　　요 이게?

수호 　　(웃음) 겨우 그거 때문에 너 죽고 나 살자 하는구나.

신애 　　난 다 포기 당했어요. 대학병원 스카웃도, 연구원 제의
　　　　도, 단지 아기가 있다는 이유로.

방안에서 가족을 부르는 듯한 희수의 신음이 간헐적으로
들려오는 가운데, 수호는 빈틈을 찾아 신애에게 메스를 휘
두른다. 신애는 가볍게 피한다. 수호는 몸의 중심을 잃고

넘어진다.

수호 (공격적이게 일어나며) 그만, 그만하라고! 과거 이야기? 그게 뭐가 도움 되는데!

신애 분명히 약속했어요. 애가 조금만 더 크면, 상황만 나아지면, 복직은 금방이라면서, 그때가 되면 원하는 건 뭐든 다 하라고.

수호 그 방법밖에 없었어. 성공하려면. (신애에게 달려들지만 마음만 앞서 넘어진다)

신애 어떤 방법인지 더 자세히 말해볼래요?

수호 (누운 채로) 망할 보균자들, 감염자들을 이 세상에서 지워버리는 것.

신애 이 가정과 사회를 치료하는 혁신가, 영웅? 당신만?

수호 (일어서려 하지만 어딘가 불편한 듯 찡그리며) 누군가는 악역을 해야 해 신애야.

신애 그 악역의 가정은, 와이프는 어땠을까요?

수호 ….

신애 심지어 난 처음부터 정리 대상으로 지목된 비정상 부류에 속했죠.

수호 큰 뜻을 위한 선택이야! 하나 된 사회, 하나 된 인간을 위해서.

신애 그 하나에 속하지 못하는 사람은 어떻게 되는지, 생각해봤어요?

수호 (다시 한 번 일어나기 위해 힘주지만 실패한다) 난 신경 쓸 게 많아 신애야.

신애 비정상으로 분류되지 않게 연기를 해야죠!

신애는 누워있는 수호의 가슴을 발로 누른다.

신애 아무리 씻어내도, 가난의 악취는 안 지워지나 봐요. 이쪽 사람들은 날 바퀴벌레 보듯 피했으니.

수호 내가 그래서 다 사줬잖아. 반지도 팔찌도 드레스도.

신애 그들 눈에는 쥐새끼가 장난감 걸친 꼴로 보이겠죠. (짧은 사이) 당신도 결국 날 장난감으로 봤으니.

수호 … 나보고 어쩌라는 거야.

신애 수호 씨도, 언젠가부터 그들과 혓바닥 색이 같아졌어요.

수호는 타이밍을 보다가 그녀의 다리를 잡고 넘어뜨린다. 둘은 바닥에서 뒹군다.

수호 사랑 받고 싶어? 사랑 받고 싶냐고!

신애 자기 자신한테 하는 말이죠?

수호 그럼 너 자리를 지켜! 이 더러운 감염자 새끼!

수호가 싸움에서 우위를 잡는다. 그는 그녀의 몸을 누른 채로 메스를 찾는다.

수호 프로포폴? 나도 주사기 바꿔치기 했는데? 너랑 나, 두 배로 확실히 가버렸겠다. (웃음) 주제도 모르고 어딜 내가 원하는 걸 막아? 어차피 그 쓸모없는 것들은, 다 늙어서 분리수거 했어야 했어.

신애 … 역시.

수호 네 홀어머니? 내가 감염시켰지. 오염되지 않고 순수한, 하층민의 피를 가지고 실험을 해야 했거든! 그 괴물은 고맙다고 하더라. 고통뿐인 인생을 멈춰 주어서 감사하다고, 자기 딸 잘 부탁한다고.

신애 엄마, 보고 싶다.

수호 너 같은 쓰레기랑 결혼하다니 미쳤었어. 아무리 기어 올라도, 하층민은 하층민이야! 우리 생활을 야금야금 갉아먹는, 이기적인 감염체! 당신들은 오직, 내 레이스를 빛내기를 위한 기반일 뿐이야!

신애 넌 내게 소중한 것들을 모두 앗아갔어.

희수 (소름끼치는 울음소리, 어딘가 슬프게 들려온다)

수호 (메스를 찾아 집고 신애를 겨눈다) 과거로 돌아가? 행복하고 사랑이 넘치던 그때로? 염병하네, 그때의 난 비정상의 나야!

신애 (방안의 소리에 그 곳을 돌아보며) 당신은 날 털끝만큼도 건드리지 못할 거야.

수호 (자기도취적으로 메스를 추켜올린다) 잘 가, 나의 나약하고 끔찍한 과거.

신애 (숨기고 있던 메스를 수호의 허리에 찔러 넣는다) 아직 보내긴 이르죠?

수호 아?

수호는 메스를 떨어뜨리고 자신의 허리에 박힌 메스를 손으로 만져본다. 이어지는 절규.

수호 (비명에 가까운 울음) 아아아아아아아악!!!! 나 찔렸어!!!!!

신애는 수호와 거리를 두고 일어서서 그를 지켜본다.

신애 아프죠? 경동맥에 제대로 찔렀는데. 엄살 피지 마요. 안 죽으니.

수호 (계속되는 절규들, 그러나 뭔가 이상하다. 피 한 방울도 나오지 않는다)

신애 피가 안 나는 게 이상하죠? 숨이 가빠지지도 않고. (짧은 사이) 평소랑 크게 다른 거 없는 것 같죠?

수호   (소리 지르다가 자신도 이상함을 느꼈는지, 메스를 뽑아보는데) 어?

신애   감염되었어요.

수호   뭐?

신애   감염된 거야 너도.

수호   (상황 파악을 못하는 듯 두리번거리다 다시 비명을 지르기 시작한다)

신애   우리 둘, 접촉할 기회가 많았잖아요?

수호   아?

신애   아까 물린 손가락이 제일 효과 좋았겠다.

수호   (손가락을 들어보고는 갈라진 목소리로) 널 죽여 버릴 거야!

신애   아직 재미있는 이야기가 많이 남았는데, 벌써 죽여 버리게요?

수호   (절망감에 정신이 나간 듯) 끄아아아아악!!! 나 감염됐어!!!

신애   딸도 내가 감염시켰어요.

사이. 방안의 울음소리가 쥐죽은 듯 멈춘다. 수호도 어안이 벙벙한 듯 신애를 보며 얼어있다. 찔린 부위를 부여잡은 채로.

수호   방금 뭐라고 그랬어?

신애	바이러스를 구하긴 쉬웠어요. 동기들한테 연구용으로 쓴다고 했고, 흔쾌히 주었죠. 뭐, 밖에 널린 게 바이러스긴 해도.
수호	딸을… 네가 감염시켰어?
신애	딸이 아니라 감염체라면서?
수호	감염되기 전엔 딸이었잖아?
신애	왜 그랬냐고 물어보고 싶죠? (짧은 사이) 딸을 위해서였어요. 너같이 천박한 인간이란 종족으로 고통스럽게 사는 것보단, 백배 천배 나으니까.
수호	… 나 어쩌지?
신애	제 팔에도 바이러스를 주사했죠. 이건 자연스러운 순리에요. 가족 중 한 명만 정상이 아닐 순 없으니.
수호	그래, 수술, 수술해야 해. 시간 있어. 내가 다 고칠 수 있어.
신애	받아 들여야 해요. 알잖아요. 확산속도를. 곧 모두가 감염되고, 머리에 뿔을 달고 돌아다닐 거예요. 인류의 진화고, 비정상의 정상화죠.
수호	(다급하게) 메스가 필요해. 메스가, 수술 도구가 남은 게 뭐가 있지?
신애	그쪽은 아직 가능성이 있는데, 딸은 꽤 시간이 흘러서 모르겠네요. 이제 다 돌아났겠다.
수호	(바닥을 더듬거리며) 입 닥쳐! 이 수술부터 끝내고 제대

로 손봐줄게. 빠르게 끝내고, 밖에 나가서 도움을 청하면….

신애   (열쇠를 들며) 혹시 이거 필요해요?

수호   내놔 이 교활한 감염체 새끼야!

신애   소리 지를 필요 없어요. 어차피 계획대로 할 생각이었으니. (문으로 걸어가며) 비켜 봐요, 열어줄게.

수호   아?

신애   (비웃으며) 매번 아? 어?만 하지, 정작 중요할 땐 뒤로 빠져있네요.

수호   … 문이나 열어.

신애   딸을 마주할 차례에요! 의사 대 감염체가 아닌 아빠 대 딸로, 같은 처지로서 반갑게 인사를 나눠봐야죠?

수호   (연장들을 손에 가득 들고) 잡소리 그만하고 당장 열쇠나 돌리라고!

신애는 문을 활짝 연다. 하지만 딸은 보이지 않는다. 수호는 안으로 뛰어 들어가지만 곧 나온다. 사이.

신애   (방을 들여다보고) 어머! 창문이 열려있네요? 우리 딸이 자유를 찾아 세상으로 나갔나봐! 역시 똑똑한 우리 딸, 자기 살 길은 잘 아네?

수호   … 탈출했어.

신애 그쵸 여보? 맨날 구박할게 아니었는데. 이렇게 눈치가 빠르다니! 어디 가서도 굶고 살지는 않겠네.

수호 … 딸 돌려내.

신애 (히스테릭한 웃음) 오늘은 완벽한 기념일이네요! 우리가… 마침내 가족이 되었어!

수호 … 찢어발길 거야.

신애 (웃으며) 누구를요? 자신을?

수호 감염체를.

수호는 신애에게 메스를 들고 달려든다. 급작스러운 암전. 신애의 웃음소리만 들려오다가 이내 끊긴다. 잠시 뒤에 다시 조명이 밝아온다.

무언가를 자르는 스르렁거리는 소리, 바닥에 흐트러져 있는 무대 위의 소품들.
신애가 문과 문의 경계 사이에 얼굴만 드러내고 누워있다. 그녀의 머리에는 뿔이 돋아나있다. 도입부 수호의 인터뷰가 녹음된 음향으로 흘러나온다. 수호는 신애 머리의 뿔을 자르고 있다.

수호의 머리에도 뿔이 돋아나있다.
신애는 웃고 있다.

인터뷰 음향이 이어지며, 다시 조명이 어두워진다.

막.

화려한 인생

이경창
멘토 김성희

등장인물

루   _50대 초반, 직업은 마술사이다. 다정한 성격의 소
유자이지만, 치매와 싸워가며 점점 성격이 극단적으로 변
한다.

안나   _(여자) 40대 후반, 직업은 복지사이다. 쾌활한 성
격이며, 남편에 대한 배려가 많다.

매니저   _(사회자) 40대 초반, FM대로 일을 처리하는 성격
으로 꼼꼼하지만 인간미가 다소 부족하다.

프롤로그

무대의 중앙에는 마술공연을 위한 무대가 준비되어 있고, 음악이 흘러나오며 마술사가 걸어 나온다.

연극이 시작되면 마술공연이 시작된다.

마술공연이 끝나고 안나는 무대의 오른쪽(상수)으로 등장한다.

루   안나, 오늘도 여기서 공연을 본 거야? 마술공연은 옆이 아니라, 관객석에 앉아서, 의심도 하고, 박수도 치면서 봐야지 재미있지!

안나   그런 거야? 난 옆에서 봐도 재미있기만 하던 걸?

루   네 남자친구가 마술을 하는데 그런 것도 몰라?

안나   마술 뭐 별건가? 내 남자친구는 잘만 하던걸? 그리고! 오빠 공연을 처음 보는데, 꼭 제일 가까이에서 보고 싶었단 말이야.

루   됐고! (옷매무새를 가다듬으며) 오늘 마술공연은 어땠어?

안나   너무너무 멋있었어!

루   응? 멋있었다고? 내가? 아니면 마술공연이?

안나   마음대로 생각해. 얼른 옷 갈아입고 와요. 나 세상에서 제일 멋진 남자친구랑 데이트 가고 싶어. (무대의 옆으로

퇴장한다)

루　　알았어. 정리하고 나갈 테니 어디 가지 말고 나가서 기
　　　　다리고 있어.

로맨틱한 음악이 흘러나온다.

루　　(무대의 테이블로 돌아와 윗옷을 벗으며 혼잣말로) 난 운도 지
　　　　지리도 좋아요. 이렇게 이쁜 여자친구도 있고, 무대 위
　　　　에만 서면 내가 좋아하는 것들도 할 수 있고, (테이블 위
　　　　에 올려진 국자를 마치 공처럼 보여주며) 이렇게 주문만 외
　　　　우면 말도 안 되는 것들을 할 수가 있으니까 얼마나
　　　　좋아!

안나　(무대의 옆에서) 우리 마술사님 빨리 와요~

루　　어어!! (트릭이 티가 나게 옆을 돌아본 후 국자를 놓으며) 잠깐
　　　　만 기다려 다 준비됐어.

루가 안나를 따라서 무대의 오른쪽으로 퇴장을 하면 조명이
꺼진다.

1막

조명이 켜지면 무대에는 마술공연용 테이블 하나 있고, 테이블의 위에는 신사 모자가 거꾸로 올려져 있다.
모자와 모자의 곁에는 카드들이 마구잡이로 들어있다.

무대의 중앙에는 중년 모습의 편안한 복장의 차림을 한 안나가 중앙에 있는 마술공연 테이블을 피해서 바닥 청소를 하고 있다.

무대의 오른쪽에는 테이블 하나와 의자가 한 개 놓여 있으며, 테이블 위에는 물과 컵이 올려져 있다.

안나(방백) 아니 연애할 때는 몰랐지, 혹시나 마술사가 와서 수작을 걸면 만날 생각은 꿈도 꾸지 마요. 아니 아니 만나려면 결혼 생각은 꿈도 꾸지 마요. (무대에 있는 도구들을 가리키며) 평생 저런 것들을 봐야 돼, 무대에서 볼 땐 그렇게 신기해 보이드만, 집에 오니깐 쓰레기도, 이런 쓰레기가 없어요. 손이라도 댔다 하면 버럭버럭 화를 내니깐, 내가 청소를 할 수 있나, 어디 치울 수가 있나, 집안 한가운데다가 저걸 저렇게 두고 가면 나는 치울 수 없는 쓰레기를 보고만 있어야 한단 말이야. 아휴… (잠시 생각한 후) 그래도 뭐… 공연할 때 옆에서 지켜보던 그 모습이 너무 멋있어서 지금까지 보고 있지만… 흠흠 (다시 청소를 하다가 갑자기 관객들이 깜짝 놀랄 정도로 화를 내며 소리 지른다) 이것들은 다 쓰레기라고!!

루가 가방을 들고 등장을 해서 테이블 부근에 가방을 내려 둔다.

루 아니 안나. 누구랑 그렇게 이야기를 해? (집안을 두리번거리며) 여기 누가 있어? 아님… (안나의 이마를 짚으며) 어디가 아프기라도 한 거야?

안나 누가 있긴? 누가 여길 들어와요? 얼~마나 깐깐하신 분의 집인데! 저기 저렇게 자리 잡고 있는 저 책상에, 모자에, 카드들이 나를 또 괴롭히네요! 아니 그리고, 무슨 산책을 가는데 이렇게 쫙 빼입고 다녀오시나요?

루 그래도 사람들이 쳐다보는데, 이 정도는 입어줘야지.

안나 쳐다보긴 누가 쳐다봐요? (잠시 관객들을 보며) 아니 이상하다… 분명히 밖에서 산책할 때보다 더 많이 쳐다보는 느낌이란 말이야?

안나   알았으니깐 얼른 씻고 와요. 밥 차려드릴게요.

루   (입고 있던 겉옷을 벗어 의자에 걸치며) 오늘 회사에서는 어땠어? 바쁘진 않았어??

안나   아니 지금 회사가 문제인가요? 우리 위대하신 마술사님께서 저걸 집 한가운데 떡! 하니 두고 가서서 (비아냥거리듯이) 미천한 제가! 청소를 못하잖아요. (뒤돌아서 구시렁거리며) 쓰레기면 그냥 확 모아서 불이라도 질러 버릴 건데… 아휴,… 더러운 건 죽어라 싫어하면서….

안나는 구시렁거리면서 다시 바닥을 청소한다.

루   하하 하하 아이고 이걸 치운다는 게 그냥 가버렸네! (물건을 치우다가 잠시 멈추고는 무언가 깨달았다는 듯이) 아! 기가 허한 건가? 요즘 들어 자꾸 깜빡깜빡하는구먼, (주머니에 손을 넣다가 잠시 놀란다)

루는 주머니에 든 약을 슬쩍 꺼내서 보다가 바닥을 쓸고 있는 안나를 본다. 루는 잠시 안나를 놀려줄 생각에 입가에 미소를 띤다.

루   (느끼하게) 안나~ 그럴 줄 알고 선물을 하나 준비했지~ (안나에게 다가간다)

안나　　선물? 어머~ 정말요??

안나는 바닥을 쓸고 있던 빗자루를 땅에 던지며 두 손을 모으고 한껏 기대를 한다.

루　　(약봉지를 안나의 손에 건네주며) 짠! 약이야! 근데 이게 무슨 약이야? 이게 여기 주머니에 들어있었어~ 안나가 넣어둔 거야?

안나　　(실망하듯이 루가 준 약봉지를 들고 테이블 쪽으로 이동한다) 에잇 난 또, (루를 보면서 소리를 높인다) 왜 넣어 두긴요! 기가 허~ 하다면서요? 영양제니깐 넣어뒀죠. (탁자 위에 있는 물통을 집어서 루에게 약과 함께 건네며) 이런 건 미리미리 드시고, 기운을 회복해서!

루　　(기대하듯 안나를 보며) 기운을 회복해서??

안나　　오늘은 저것들 좀 치워주세요. 쓰레기가 더 늘어나기 전에~

루　　그래그래 알았어. (투덜거리며) 기가 허하다고 말한 지가 언젠데 벌써 이런 걸 준비를 해줬대?

루는 약을 주섬주섬 주머니에 다시 넣고는 물통에 반쯤 차 있는 물을 한 모금만 살짝 마신 뒤, 안나에게 건네주려다 안나가 보질 않자 꾸역꾸역 받아서 마신 뒤 테이블로 가서 마

술도구들을 정리한다. 잠시 후 모자와 손수건을 들고 무대의
중앙으로 나온다.

루   (지팡이와 모자를 보여주며) 안나, 여기 있는 이것들이 이
렇게 볼 때는 쓰레기 같지만, 사실은 어둠 속에 있는
예술작품들이야.

안나   (작게 중얼거리며) 알긴 아나 보네… 쓰레기…. (루의 말을
듣는 둥 마는 둥 청소를 한다)

루는 안나의 '쓰레기'라는 말에 잠시 멈칫하며 안나를 쳐다보
고는 다시 말을 이어간다.

루   무대에 불이 들어오면 말이야. 모든 사람들이 이것들
을 쳐다봐. 나는 그 묘한 이끌림과 흥분감이 너무나 좋
아. 턱시도를 입고, (테이블 위의 모자를 쓰며) 모자를 쓰
고, (손수건을 꺼내 지팡이를 만들며) 허리까지 오는 지팡이
를 팔 옆에 딱 끼고는, 눈앞에 있는 관객들을 바라보는
거야. 그럼 어떤 것도 무서울 것이 없어지는 거지. (모
자와 지팡이를 벗으며) 이런 예술작품들에게 어둠은, 무대
의 화려한 조명을 받기 위한 준비과정이거든.

루는 테이블 위에 모자와 지팡이를 내려두고는 주머니에 손

을 넣다가 흠칫 놀란다.

루   뭐야? (주머니의 약 종이를 꺼내며) 이건 또 왜 여기에 있
        는 거야?

안나는 빗자루를 내려두고 테이블로 가서 다른 물통을 들고
물컵에 물을 부어 루에게 건네준다.

안나   그게 왜 거기 있긴요. 다 치웠으면 영양제나 드세요.
루   (물을 받으며) 안나…, 나 이상하게 물이 안 마시고 싶네.
안나   (단호하게) 약만 먹으면 목에 걸리십니다.

루는 물을 꾸역꾸역 마시고는 약을 먹는다. 그걸 보고 놀란
안나는 물통을 가지고 와서 물컵에 남은 물을 부어준다.

안나   아니 물이랑 약을 같이 먹어야지 목에 걸린다니깐 이
        사람이!! 얼른 물 한잔 더 마셔요.
루   (잠시 안나를 쳐다보며) 그… 안나… 안 마시면 안 될까?
안나   (잠시 말없이 쳐다보다가) 우리 마술사님? (물통을 힘껏 구
        긴다)
루   (급하게 물을 마시며) 어어~ 벌써 마셨어. (테이블로 가서 컵
        을 내려놓는다) 그런데 안나 이건 어디에 좋은 약이야?

안나　어… 그… 내가 일하는 복지관에 다리에 힘이 없어서 후들후들하시는 영감님이 있는데, 아니 글쎄, 이 약만 먹으면 벌떡 일어난다니깐요. (약 팔이의 흉내를 내며) 날이면 날마다 오는 게 아니야~ 애들은 가라~ 그래서 슬~쩍, 가지고 왔죠! 혹시 알아요? 이 약 하나만 있으면 이십 대의 체력으로 돌아와서 마법 같은 밤을… 어머~ 어머~

안나가 부끄러워하며 눈을 가리고 총총 뛰는 사이 무대의 왼편(하수)에서 멀티 1(매니저)이 등장한다.

매니저　(수첩을 보며 등장) 형님, 이제 공연에 가셔야 할 시간입니다.

안나　(놀라는 척하며) 어마! 우리 마술사님~ 벌써 이렇게 어려진 거예요?

매니저　(단호하게) 형수님 그게 아니라, 오늘 공연할 장소가 좀 멀리 있어서 조금 일찍 출발해야 할 것 같아요.

안나　(우측 테이블로 돌아가서 약봉투를 챙기며) 우리 매니저님은 너무 FM이셔, 매니저님이 고생이 많아요, 오늘도 우리 마술사님 잘 좀 부탁드려요.

루　(말을 가로채며) 매니저 오늘 공연장이 멀어? 어딘데 그래?

매니저 형님, 오늘 장소가 자동차로 꼬박 3시간은 걸리는 거리에 있는데, 고속도로에 올리기까지 신호가 29개, 그 중에 절반은 빨간불이라고 생각하고, 우리가 지나치는 휴게소가 8개, 그중에서 15분간 두 번은 들러야 한다고 생각하면 공연장까지 도착하는데 걸리는 최소한의 시간은 4시간입니다. 공연이 현재 시간은 12시, 공연이 6시라고 생각했을 때 준비 시간은 대략 1시간, 옷 갈아입으시고, 메이크업하시고, 공연에 나가시기까지 최소 거울을 3번 이상 보시는데 그러면 시간이 딱 맞아떨어집니다. 형님 저희 여기서 이럴 게 아니라 얼른 출발해야 됩니다. 옷이랑 가방은 어디에 있어요?

안나 매니저님~ 바쁘시겠지만 (약 봉투를 내밀며) 우리 마술사님께 이것도 좀 부탁할게요.

매니저 네 형수님! 아! 이건 무슨 약인가요? 언제 챙겨드릴까요? (수첩을 열어서 받아 적으려고 준비를 한다)

안나 젊어지는 약이요. 우리 마술사님이 젊어져야 내가 오래오래 먹고살죠. 그러니깐 잊지 말고 공연 마치시고, 집에 올 때는 꼭 하나 챙겨주세요. 물 많이 드시는 거 잊지 말고요. 혹시나 늦어서 내일 오게 되면 내일 아침에도 부탁드립니다.

매니저는 수첩에 안나가 한 말을 기록하고, 짐을 다 챙긴 루가 대수롭지 않게 매니저에게 이야기를 한다.

루　　그거 영양제야 영양제~

매니저　아!! 젊어지는 영양제!! 형님이 젊어지신다면야! (안나의 손에 있는 약을 받아 챙기며) 형수님! 맡겨만 주십시오.

루　　이런 건 하루 이틀 안 먹어도 괜찮아, 영양제 한두 알 안 먹는다고 표시가 나겠어?

안나　그러다 늙으면요? 안 그래도 봐줄 건 얼굴밖에 없는데, 그 얼굴마저 늙어버리면 나는 뭘 보고 살아야 되나, 그땐 내가 현대판 고려장을 해야 하나? (루를 위아래로 보며 고민하는 듯) 저 큰 걸 어디다가 싸서 버려야 되나.

루/매니저　고려장? / 얼굴이요?

루　　내가 꼭 챙겨 먹을게! 매니저 얼른 출발해야지! 갈 길이 멀다며? 얼른 가자.

　　　　루가 허겁지겁 이야기하고는 옷과 가방을 들고 무대의 왼쪽으로 퇴장한다.

매니저　형수님 그럼 가보겠습니다. (루가 퇴장한 쪽으로 소리 지르며) 형님~ 필요한 도구는 다 챙기셨죠? 카드랑 동전이랑 챙기셨어요? (주변을 돌아보며) 아~! 지팡이를 안 챙기셨네!!

매니저가 지팡이를 들고 루를 뒤를 따라 뛰어간다. 안나는 두 사람을 보고 있다가 매니저를 향해 소리를 지른다.

안나 운전 조심하시고, 안전하게 다녀오세요. 약도 꼭 부탁 드려요.

매니저 (멀리서) 네네~

안나 이상하게 오늘은 좀 불안하네, 아무 문제가 없어야 될 건데….

흥겨운 음악이 흘러나오고, 안나가 무대 위에 있는 빗자루와 물통 등의 쓰레기를 치우면서 서서히 암전이 된다.

2막

조명이 켜지고 매니저가 마술사의 가방을 들고 무대의 왼쪽에서 등장을 한다.

매니저 (고개를 내저으며) 이상하단 말이야… 평소에 단 한 번도 실수가 없던 사람이… 실수를 다하고…. (테이블 옆에 마술사의 가방을 내려둔다)

루 (왼쪽에서 걸어 들어온다) 매니저. 할 거 없으면 얼른 가서 쉬어. 왜 이렇게 멍하니 서 있어?

매니저 아니 형님 그게 아니라, 오늘 뭔가 좀 이상하지 않았어요?

루 이상하긴 뭐가 이상해. 오늘도 완벽했지. 내가 50평생을 살면서 그런 소리는 또 처음 들어보네. 관객이 생각하고 있는 걸 짠! 하고 맞출 때! 사람들 놀라는 표정을 못 봐서 그러지? (가방을 테이블에 올리고 정리하며) 처음 마술을 할 때부터 지금까지 한 마술이지만, 사람들이 신기해하는 걸 볼 때마다 난 너무 기분이 좋아.

매니저 아니 형님 오늘은 분위기가… (잠시 생각하더니) 그래!

조금 술렁거리지 않았나요?

루   거참! 아까부터! 완벽했다니깐! 할 거 없음 빨리 집에 가서 잠이나 더 자! 에잇… 쯧쯧. (무대의 왼쪽으로 퇴장한다)

안나   (무대의 오른쪽에서 걸어 나오며 루의 퇴장을 발라본다) 매니저님~ 왜들 그래요? 무슨 일인데 그렇게 또 옥신각신하고 있데?

매니저   아니 형수님! 오늘 무슨 일이 있었냐면 말이죠.

음악이 흘러나오며 매니저의 회상이 시작된다. (공연장 이야기) 매니저는 테이블을 무대의 중앙으로 옮기고, 테이블 위 마술사의 가방에 미리 준비된 마이크를 들고 사회자의 역할을 대신한다.

안나는 객석의 자리에 가서 공연을 볼 준비를 한다.

매니저(사회자)   여러분들이 기다리시던, 세계 최고의 마술사가 공연을 준비하고 계십니다. 큰 박수로 마술사님을 모시겠습니다.

루가 무대에 나와서 관객의 생각을 맞추는 마술을 한다. (멘탈 매직) – 프리딕션보드지문

이제 저는 여러분과 함께 상상을 공유해 보겠습니다. 저는 이

제 여러분들에게 3가지의 질문을 할 것이고, 질문을 하기 전에 한 번씩 칠판에 단어를 하나 적고 뚜껑을 덮어둘 것입니다. 여러분은 생각나는 대로 대답을 해주시면 됩니다.

여러분과 저는 지금부터 상상의 나라로 여행을 갑니다.
1. 뒤에 계신 분은 일어나셔서 저를 따라서 머릿속에 어떤 장소이든 생각을 하시면 됩니다. (칠판을 가리키며) 머릿속에 있는 첫 번째의 칸을 열고, 가고 싶은 것 어떤 것이든 머릿속으로 적으시면 됩니다. 말을 하지 말고 생각으로 하겠습니다. (마술사도 함께 적는다)
이제 모두가 머릿속에 그릴 수 있도록 정답을 알려주시겠어요? (적어서 표시를 해둔다)

00로 떠난 이 여행은 내가 평소에 함께 여행을 가고 싶었던 사람이었습니다.

2. 중간에 계신 분도 일어 서주시겠어요?
(칠판은 가리키며) 똑같이 머릿속으로 두 번째의 칸을 열고 평소에 함께 가고 싶었던 사람을 적으시면 됩니다. 생각만으로 적으시는 거예요.

(뚜껑을 닫으며) 이제 모두가 그릴 수 있도록 누구인지

말씀해 주시겠어요? (적어서 표시를 해둔다)

○○로 떠난 여행! 이 여행은 ○○과 함께 떠났으며, 그 여행지에서 나는 기념품으로 무엇을 구매합니다.

3. 맨 앞에 계신 분 자리에서 일어서주시겠어요?
(칠판은 가리키며) 머릿속에 있는 칠판의 마지막 칸을 열고 생각을 하시는 거예요. 그리고 생각으로만 내가 구매한 상상 속 기념품을 적으시는 겁니다.

이제 모든 이야기를 완성할 수 있게 마지막 칸의 정답을 알려주시겠어요? (적어서 표시를 해둔다)

우리는 ○○로 여행을 떠나서, ○○과 함께 즐거운 시간을 보냈으며, ○○의 기념품을 우리의 상상 속에 남기게 됩니다.

(프롤로그 때 나왔던 안나와의 추억 음악이 한참 동안 듣는다)
지금 이 자리에는 처음 마술을 보는 사랑하는 여자친구가 있어요. 그러고 보니, 안나가 약을 먹으라고 했었는데, 약? 약 어딨어?

주머니를 여기저기 뒤집고는 약봉지를 찾는다. 곧바로 나와 약봉지를 찢어서 물 없이 약을 먹는다.

루   아우 써! (프롤로그에서 안나가 기다렸던 쪽으로 퇴장하며) 안나, 나 물 좀 줘요.

매니저(사회자)   (마술사가 들어간 자리를 잠시 바라보다가 당황스러워하며) 어… 음… 마술사님께서 화이트보드만 남겨두고 들어가셨어요… 네. 저기, 마술사님께서는 어떤 상상을 하셨는지 확인을 해보겠습니다.

한 칸씩 열어서 정답을 확인해 본다. 모든 칸에는 관객이 이야기한 것과 같은 정답이 적혀있고, 사회자의 마무리 멘트와 함께 회상이 끝이 난다.
안나는 객석에서 일어나서 박수를 치며 무대로 올라온다.

안나   우리 마술사님은 언제 봐도 너무 멋있어. (토끼 눈을 하며) 글쎄 그걸 다 맞췄다는 거예요? 어떻게??

매니저   (마이크를 내려두며) 아니 형수님 그게 중요한 거 아니죠. 평생 단 한 번도 안 하던 실수를 했다니깐요.

안나   에이~ 실수가 그렇게 중요해요? 이번에도 멋지게 마술을 끝냈다는 게 중요한 거지.

매니저   그뿐만이 아니라니깐요! 아니 글쎄 형님이 팔을 45도의 각도로 뻗어서 관객을 가리켜야 하는데, 90도로 뻗으셨고, 왼쪽으로 두 발쯤 가셔야 하는데, 그것도 틀리시고, 펜을 쥘 때도…

안나 (매니저의 말을 끊으며) 매니저님~ 그보다 우리 마술사님 좀 찾아주세요. 좀 전에 보니깐 두 분 싸우다가 소리 지르면서 나가시는 것 같던데,

매니저 마술… 아! 형님! (급하게 무대의 왼쪽으로 뛰쳐나간다)

안나는 매니저가 나가는 것은 신경도 쓰지 않고, 테이블 위에 올려져 있는 마술 도구들을 정리한다. 잠시 후 마술도구를 들고 도구에 대고 이야기를 한다.

안나 쓰레기! 아, 아니 예술작품님~ 우리 마술사님의 멋진 모습을 볼 수 있도록 도와주세요. (도구를 가방에 내려놓으며) 나도 참… 이게 뭔 소리야? 당연한 이야기를… 에잇… (루의 표정과 목소리를 따라서) 여러분과 저는 지금부터 상상의 여행을 떠납니다. 에라 상상의 여행은 무슨. 나도 여행이나 가고 싶다. ○○나라로 (관객이 고른 선택지) 이동해라 뿅!

안나의 주문과 함께 컷으로 조명이 꺼진다.

3막

무대의 조명이 바뀌고 루가 등장한다.

루 (독백) 거참 이상하단 말이야. 분명히 내가 하지도 않은 것들이, 아니 내가 하려고 마음도 먹지도 않았는데, 이상한 일들이 일어나고 있다는 말이야. 이건 분명 안나와 매니저가 둘이서 일을 벌이는 거야. 무슨 일을 꾸미고 있는 거야. (갑자기 화를 내며) 이 내가 누군데 말이야! 아니, 아니 이래선 안 되겠어. (테이블을 마구잡이로 뒤지며) 어디에 있더라. 어. 여기 있네.

음침한 배경음악이 나오고 루는 메모장을 들고 의자에 앉아 테이블을 보면서 무엇인가 적기 시작한다. 마술 Cup & 스펀지볼 트릭.

루 (메모장에 기록하며) 0000년 00월 00일 00시 00분(하루 전) 나는 두 개의 공을 집안 곳곳에 각각 한 개씩 숨겨 두었다.

메모를 내려두고는 공 두 개를 가져와 식탁 위에 있는 컵에 넣고는 컵을 뒤집어둔다. 나머지의 공은 집에 있는 가구처럼 관객들 중 한 사람의 손에 넣어둔다. 잠시 가만히 앉아 있다가 메모를 다시 확인하고 컵 속은 확인하지만 공은 사라졌고, 관객의 손에는 2개의 공이 들어가 있다. 공을 집어 들고 놀란 표정으로 루는 일기를 계속 읽는다.

루   0000년 00월 00일 00시 00분 (다음 날) 방 안에 숨겨 두었던 공은… (손을 펼치며) 2개가 아니고 4개였다….

루는 무대 위로 공을 던지고는 메모를 여기저기로 넘겨본다.

루   이건 뭔가 잘못된 게 분명해. 내가 이상한 게 아니야. 뭔가가 잘못된 거야. (화를 내며) 도대체 나한테 왜 이래! 왜 이러냐고!

루는 잠시 가만히 멈춘 뒤 무서운 눈빛으로 관객을 쳐다본다.

루   다들 나한테 장난을 치는 거야. 다들 나한테 왜 이래? 아! 그래! 직접 물어보면 되지. 안나! 안나!!

무대의 오른쪽으로 안나가 들어온다.

안나   왜 이리 소리를 지르고 그래요~

루   (안나의 어깨를 잡으며) 너 누구야? 누구랑 짜고 나를 이렇게 골탕 먹이는 거야?

안나   갑자기 무슨 소리예요?

루   (땅에 떨어진 공을 주우며) 이거! 증거가 이렇게 있는데도 딴소리를 해?

안나   (공을 받으며) 아니~ 이건 당신이 집안 여기저기에 숨겨 두고는 깜빡 깜박하고는….

루   누구한테 당신이래? 나가! 내 집에서 나가!!!

안나   나가? 그래 나갈게 나도 이제 지긋지긋해! (가방 안에 공을 넣으며) 이런 쓰레기들 보는 것도, 치우는 것도! 당신처럼 아픈 사람 뒷바라지하는 것도! (무대의 왼쪽으로 퇴장을 한다)

루   그래. 내가 그럴 줄 알았어. 꺼져! 다 꺼져! 나머지는 다 필요 없어. 안나! 안나!

휴대폰의 벨 소리가 울리고, 무대의 조명이 서서히 어두워진다.

루   (갑자기 무표정한 얼굴로 울리는 전화 쪽으로 서서히 걸어가서 전화를 받는다) 여보세요?

긴장감 있는 음악이 흘러나오고, 조명이 서서히 꺼진다.

4막

조명이 켜지면 무대 위에는 루가 의자에 앉아서 멍하니 천정을 보고 있다. 테이블 위에는 메모장이 놓여 있다. 잠시 후 여자가 등장한다.

여자   마술사님! 이제 일어나셔야 되는 시간이에요! 요즘 들어서 잠이 많아지신 건지, 여기가 칙칙해서 그런 건지 왜 이렇게 기운이 없으세요?

루   (가만히 앉아있다)

여자   (루에게로 총총 달려가서) 아니 마술사님 일어나시라고요! 아니 이렇게 이쁜 조수가 친히 방문을 하셨는데, 어떻게 가만히 앉아서 하늘만 멍하니 바라보고 있나요? (본인의 손바닥으로 얼굴을 가리키며) 이건 내 얼굴에 대한 실.례! (루를 쳐다본다)

루   (가만히 앉아있다)

여자   (곰곰이 생각하며) 주변에 있는 관객에게로 가서 도움을 요청한다. (관객이 어떠한 형태로든 도움을 달라고 이야기함) 엇 저기 멧돼지가 나타났다.

루	(가만히 앉아있다)
여자	귀… 귀신이다! (관객이 도와주지 않을 시 눈치를 준다)
루	(가만히 앉아있다)
여자	(관객과 함께 고개를 숙이며) 앗. 사모님 나오셨습니까?
루	(자리에서 벌떡 일어나서 찾는다) 어디? 안나~ 어딨어? (그제야 여자를 보고는 질문을 한다) 에잇… 쯧쯧쯧… 난 또 우리 안나가 왔는지 알고 깜짝 놀랐네 그래… 가뜩이나 머리가 아픈데 뭘 그리 호들갑이야 호들갑은? 근데 자넨 누군가?
여자	저로 말할 것 같으면 마술 역사상 가장 아름다운 미녀로 손꼽히는 아름다운 얼굴과, 부드러운 미소와, 청순함 속에 가려진 치명적인 섹시함의 주인공!!
루	그래서 누구라고?
여자	(성질내면서) 장난치지 마세요! 안 본 지 얼마나 됐다고 이렇게 이쁜 조수를 까먹어요! 그건 그렇고 무슨 일이 있으신데 그렇게 멍~하니 하늘만 뚫어져라 보시는 건가요?

루	전화가 왔어.	여자	그래서요?
루	마술공연을 해달래!	여자	원래 하시는 거잖아요.
루	근데 규모가 커.	여자	얼마나요?
루	상상 못할 정도로, 아니 근데 우리 조수님은 원래 이렇		

게 또박 또박 따지는 성격이셨나?

여자   아니 무슨 질문을 못해요. 네네. 가만히 앉아있으면 될 거 아닌가요.

루   아니 가만히 있으면 어떻게 해 연습을 해야지 이 사람아. (테이블에 있는 메모를 들고 마술도구가 있는 곳으로 가서 연습을 한다)

여자   무슨 연습을 그렇게 매일 한대요? 마술 역사상 가장 아름다운 미녀로 손꼽히는 저! 치명적인 섹시함의 주인공 이 몸만 있으면 모든 사람들이 죽어라 박수를 칠 텐데요?

루   (연습에 몰두하고 있다)

여자   아휴… 우리 마술사님 정말 재미없는 분이시네….

멀리서부터 매니저가 마술사를 찾으며 등장을 한다.

매니저   마술사님~

여자   쉿!

매니저   (소리를 죽이며) 왜요? 무슨 일 있나요?

여자   마술사님께서 연습을 하신답니다.

매니저   지난번의 공연에서 안나~ 안나~ 하면서 실수를 하신 게 그렇게 맘에 걸리셨나?

여자   공연이 들어왔답니다.   **매니저**   어떤…?

여자 큰 마술공연이요!

여자 전화가 왔대요!

여자 휴대폰으로!

매니저 어떻게요?

매니저 어디로?

매니저 대부분 전화는 여기로 오는데요?

여자 제가 여기로 들어올 땐 멍~하게 계시더니 꿈이라도 꾸셨나 보죠. 그러지 말고 마술사님 연습하시게 자리를 비켜드릴까요?

매니저 그런데… 옷이 왜 이러세요? (전화가 울린다)

여자 아! 이 옷으로 말할 것 같으면 마술 역사상 가장 아름다운 미녀인 나는! 이 정도의 옷이 받쳐줘야… (전화 받는 매니저를 보며) 에잇….

루 거… 이름이… 조수! 이리 와봐~ 이것 좀 잡아봐 이것저것 다 어려워서 안 되겠어.

여자 뭐가 잘 안 되시는 거예요?

루 그래 예전에는 척하면 척이었는데, 나이가 들어서 그런지 뭐가 뭔지를 잘 모르겠구먼, 얼마 전부터 누군가가 일부러 방해를 하고 있다는 생각이 들어.

여자 에이~ 설마 그랬으려고요.

루 아니야. (약봉지를 들고) 이것도 봐, 최근에는 본 적이 없는데 이런 게 내 가방에 들어가 있어. 이건 분명 약처럼 생긴 도청장치일 거야.

여자 풋! 도청장치는 무슨! 이건 영양제잖아요~! 여기 적혀있네요. 기력 회복 영양제!! 우리 마술사님~ 이렇게 좋은 건 주머니에 잘 넣어뒀다가 잊지 말고 꼬박꼬박 챙겨드세요.

루　　아니야. 요즘에는 안나도 그렇고, 우리 매니저만 해도 그래. 나한테 이상하다나 뭐라나… 분명히 둘이서 무슨 꿍꿍이가 있는 거야. 무슨 일을 벌이고 있는 거야.

여자　　무슨 일을요??

루　　아니, 글쎄!

루와 여자는 서로 대화를 나눈다.

매니저　　(전화를 받으며) 네… 정말이요? 확정이라고요? 근데 저희가 상황이 조금… 아… 벌써 프로필이 올라갔다고요? 행사 규모가 얼마만큼 되나요? 어휴… 어마어마하네요… 네. 알겠습니다.

루　　글쎄 그랬다니깐!

여자　　어휴… 마침 저기 매니저님이 계시니깐 잘 이야기를 해볼게요. 매니저님!!! (여자는 매니저 쪽으로 다가간다)

매니저　　저희 큰일 났습니다!

여자　　아니 무슨 일이 있나요?

매니저　　아무래도 형님께서 조금 아프신 거 같은데, 병원을 가봐야 할 것 같은데, 공연을 가게 생겼습니다.

여자	무슨 공연이요?
매니저	아무래도 형님께서 전화가 왔다고 하시는 게 진짜인가 봐요. 공연이 잡혔어요. 그것도 아주 큰!! 3천 명이 넘는 공연장에 벌써 예매가 끝나고 꽉 찼답니다. 그중에서도 행사의 대미를 장식하셔야 한답니다. 얼마 전에도 그렇게 실수를 하시더니, 어떻게 하면 되죠?
여자	아니 잘 끝났다고 말씀하시지 않았어요?
매니저	아뇨 아뇨. 그게 아니죠. 시간도 얼마 남지 않았는데, 제가 담당자분을 한 번 만나봐야겠습니다. 형님의 상태도 잠깐 보여드리고, 상황을 설명해야겠어요. 제가 차를 가지고 올 테니깐 형님, 아니 마술사님 좀 모시고 밖으로 나와주세요. (무대의 왼쪽으로 퇴장을 한다)
여자	아! 네! 알겠어요.

여자는 가방을 정리하고 있는 마술사에게로 다가간다.

여자	마술사님 저희 좀 나가봐야 될 것 같아요.
루	어딜 나가?
여자	공연이 생겼다면서요?? 오늘이라면서요?
루	그래 맞아!! 오늘도 역시 나는 무대 위에서 턱시도를 입고, 모자를 쓰고, 주머니에 거만하게 손을 넣은 채 공연을 할 거야 그게 내 일인 걸?

여자   예! 열심히 보조하겠습니다.

루   그렇지만 말이야… 이번 공연이 자네와 나의 마지막 공연일 거야.

여자   네? 왜요?

루   이번 공연만 끝나면 나는 내 부인, 안나와 함께 오손도손 살 거야. 자네들에게는 미안하지만 말이야.

여자   (불쌍한 표정을 지으며) 그럼 전 실직자가 되는 건가요?

루   자네는 친절하고 예쁘니까 금방 좋은 직장도 구해질 거야. 만약에… 안나와 나에게 예쁜 딸아이가 있었다면 자네처럼 눈에 넣어도 아프지 않을 만큼 사랑스러웠을 거야.

여자   제가 우리 마술사님 눈보다 500배는 큰 걸요?

루   그런 농담만 안 하면 말이야… 아! 그래! 자네에게 줄 선물이 하나 생각났네!

여자   어머머~ 선물이요?

루는 무대의 오른쪽으로 나갔다가 상자를 하나 들고 온다. 상자 속에는 프롤로그 때 안나가 입던 옷이 담겨 있다.

루   조수! 좀 오래되긴 했지만 안나가 내 마술을 처음 볼 때 입던 옷이라 고이 간직하고 있었네! 안나는 살도 찌고 옷이 안 맞아서 분명 잘 줬다고 할 거야. 퇴직 선

물이네! 가방들 챙겨서 얼른 따라오시게. (루는 테이블에 있는 옷을 입고 무대의 왼쪽으로 퇴장을 한다)

여자 으하하하!! 저한테 안 어울리는 옷은 이 세상에 존재하지 않는답니다. 저로 말할 것 같으면 마술 역사상 가장 아름다운 미녀로 손꼽히는 저! 아름다운 얼굴과, 부드러운 미소와, 청순함 속에 가려진 치명적인 섹시함의 주인공!! (루가 퇴장한 곳을 바라보며) 바로… 당신의 부인이잖아요… (울먹이며) 바로 앞에서 바라보고 있었는데… 지금 입고 있는 이 옷도 당신이 조수 같다며 놀리던 옷이었는데….

여자가 흐느껴 울면서 슬픈 음악이 배경으로 흘러나온다.

여자 (우는 목소리로) 나의 마술사님… 매일같이 제가 기도하고 있잖아요… 마법처럼 훌훌 털고 일어나시라고… 매일 내가 몰래 들고 온 약도 드리잖아요… 예전처럼 돌아오라고… 무대 위에서… 다시 멋진 모습을 보여주실 거라고 기대하고 있잖아요….

여자의 우는 소리와 함께 서서히 조명이 꺼진다.

5막

조명이 켜지고 무대 위에는 마술공연을 하기 위한 준비가 되어있고, 매니저가 무대의 오른쪽에서 나온다.

매니저   아니 왜 말귀를 못 알아듣는 거야! (휴대폰으로 전화를 한다) 사회자님 저희가 지금 사정이, 아니 아는데, 마술사님도 지금 어디 가셨는지 모르겠고, 아니 그것보다 지금 공연을 하실 상황이 아니라는 이야기입니다. 그러니깐 지금 이 공연을 하면 큰일이 날 수 있다는 이야기에요. 세계의 여러 사람들이 보는 공연이니깐 더 안 되는 거죠! 아뇨 지금 당장 멈춰야 합니다.
이제 여러분들의 앞에는 세계 최고의 마술사가 공연을 기다리고 있습니다. 여러분의 박수와 함께 마술공연을 시작하겠습니다. 마술사 루! (공연 음악 나오고 공연이 시작된다)

소개와 동시에 루는 공연 무대에 올라선다. 관객들을 보며 겁을 먹고 이리 왔다가 저리 갔다가 하던 루는 주머니 속에 무

엇인가 있는 것을 발견한다. 주머니에서 약 봉투를 꺼내면서
무대의 오른쪽에 있던 안나의 옷을 입은 여자를 발견한다. 눈
빛이 바뀐 루는 무대의 중앙으로 걸어가서 공연을 시작한다.

여자 마술사님 오늘도 너무 멋있었어요!

루 오늘도 여기서 공연을 본 거야? 마술공연은 옆이 아니
라, 관객석에 앉아서, 의심도 하고, 박수도 치면서 봐
야지 재미있지!

여자 그런 거예요? 난 옆에서 봐도 재미있기만 하던걸요?

루 네 남자친구가 마술을 하는데 그런 것도 몰라?

잠시 적막이 흐르고, 자신을 알아봐 주는 안나는 놀란 표정이
이내 슬픈 표정으로 바뀐다. 잔잔한 음악이 흘러나온다.

안나 … (훌쩍이며) 마술… 뭐 별건가? 내 남자친구는 잘만 하
던걸? 그리고! 오빠 마지막 공연은 꼭 제일 가까이에
서 보고 싶었단 말이에요.

루 미안해 안나, 그리고 고마워 안나, 당신은 내 화려한
인생을 비춰준 촛불이었어. 깜깜한 어둠 속에서도 당
신만은 빛나고 있었거든. 조금 전에, 그러니까 공연을
시작할 때 머릿속이 너무나 깜깜했어. 그런데 옆에서
보고 있는 안나를 보자마자 내 머릿속을 환하게 밝혀

줬거든. 그나저나 오늘 마술공연은 어땠어?

안나   (눈물을 닦으며) 너무 멋있었어요. 평생을 못 잊을 것 같아요.

루   응? 내가? 아니면 마술공연이?

안나   세상에서 제일 멋진 내 마술사님이 멋있죠. 얼른 옷 갈아입고 내려와요.

루는 한참을 안나를 바라보다가 고개를 가로 젓는다. 잠시 후 안나의 손을 잡는다.

루   아니야, 안나. 아니야. 나, 여기서 내려가기가 싫어. (눈물을 흘리며) 여기서 내려가면 안 될 것 같아. 여기서 내려가면 당신이 또 다시! (눈물을 닦으며) 내 머릿속에서 안나가 없어질 거 같단 말이야.

안나   (자신의 눈물과 루의 눈물을 닦아주며) 여보. 마술사님. 걱정말고 내려와요. 이제는 내가 당신 부인도, 조수도, 필요한 모든 게 되어줄 테니까. 우리 마술사님 머릿속에서 내가 없어지면 어때? 내가 다시 찾으면 되지.

루   고마워 안나. 아니, 고마워요 부인. 내 인생이 이렇게 화려한 건, 세상에서 제일 밝은, 촛불 하나가 있어서일 거야. (루가 안나의 이마에 키스를 하고 포옹을 한다)

음악이 커지며, 조명이 밝아진다.

막이 내린다.

사)대명공연예술단체연합회 대본쓰기 프로그램

대명동엔 작가가 산다 | 다섯 번째 이야기

초판 1쇄 인쇄일   2024년 9월 30일
초판 1쇄 발행일   2024년 10월 8일

지 은 이   (작품수록순) 정서연·남윤정·장성민
           이영은·김기열·이경창
멘   토   김현규·김성희
편 집 인   사)대명공연예술단체연합회장 이동수
기획교정   사무국장 김현규, 사무간사 이다은
만 든 이   이정옥
만 든 곳   평민사
           서울시 은평구 수색로 340 〈202호〉
           전화 : 02) 375-8571   팩스 : 02) 375-8573
           http://blog.naver.com/pyung1976
           이메일 pyung1976@naver.com
등록번호   25100-2015-000102호
  ISBN   978-89-7115-845-6 03800
정   가   13,500원

주최/주관 : 사)대명공연예술단체연합회
후원 : 대구광역시